独眼竜を継ぐ者
勘
通る3
JN044365
早見 俊
時代小説
二見時代小説文庫

目次

独眼竜(どくがんりゅう)を継ぐ者——勘十郎まかり通る 3

第一話　海賊退治

一

向坂勘十郎は夕暮れの道をそぞろ歩きしていた。

時節は梅雨時、連日の雨だったが夕刻には上がり、じめじめとした気分を晴らそうと霊岸島新堀の河岸を散歩している。

六尺近い長身、浅黒く日焼けしているが鼻筋の通った男前だ。豊かな髪を茶筅髷に結っているため、堂々たる体軀と相まって時代遅れの戦国武者といった雰囲気を醸し出していた。地味な黒地の小袖に裁着け袴という身形がぴったりと馴染み、それ以上に肩で担ぐ十文字鑓が勘十郎には身体の一部のようだ。

時折立ち止まっては鑓を構え、

「ええい！」

と、空に向かって突き出す。

夕陽を受け、穂先が煌きを放った。

穂先と左右に出た枝刃が交わる箇所に刻まれた葵の御紋がくっきりと浮かび上がった。

祖父清吾郎が徳川家康から下賜された十文字鑓である。清吾郎は大坂夏の陣の際、真田幸村の奇襲を受け混乱した家康本陣にあって孤軍奮闘、家康が落ち延びるための活路を開く功を挙げ、下賜されたのだった。

歩き出すと、背後から足音が近づいてくる。歩測を緩め、耳をすませる。

「出て来い」

勘十郎は無人の往来に声をかけた。

柳に身を潜めていた数人の侍が姿を現した。

敵は勘十郎を囲んだ。

みな、無言で刀を抜いた。

「丁度、身体が鈍っておった」

喜々として勘十郎は鑓の石突きで地べたを二度、三度突いた。

　次いで、両手で柄を摑み腰を落とすと、

「食らえ！」

　大音声を放ち鑓の穂先を下に向け、敵の脛を払いながらくるりと回転した。

　敵はばたばたと倒れ、情けない悲鳴を上げた。

「お見事！」

　夕闇に声がかかり、一人の武士がやって来た。倒れていた敵が武士の方に這ってゆく。勘十郎は鑓の鏢で地べたを突き、

「おれの腕を試したのか」

　不機嫌な思いを込めて問いかけた。

　武士は詫びてから、

「拙者、肥前諫早城主、大沼讃岐守さまの家来にて星野修理と申します。江戸家老を務めております。向坂勘十郎殿を見込み、是非ともお願いしたい義がございます。無礼の段、ひらにご容赦くだされ」

　丁寧な口調で話し、深々と一礼をした。

「腕試しの後、合格したから頼むのか。不愉快であるな。不愉快であるが、おれは萬相談を受けておるゆえ、断りはせぬ」

「存じております」

「ならば、明日、萬相談所を訪ねてくれ。引き受ける受けぬは、その時に決める。おれを腕試しした上での相談事、さぞや大事なのであろう。はした金では引き受けぬゆえ、そのつもりで来てくれよ」

勘十郎は肩で夕風を切って悠然と歩き去った。

寛永十三年（一六三六）皐月二十日、徳川の世が定まったとはいえ、まだまだ戦国の残り香が濃厚に漂う江戸である。

明くる二十一日の朝、勘十郎は萬相談所で寝そべっていた。

日本橋の表通りから一歩入った横丁に店を構える米屋銀杏屋の離れ座敷である。昨年の長月、盗まれた米を取り戻したことを主人茂三に感謝され、離れ座敷を間借りして萬相談所を開設した。

向坂勘十郎元常は幕府大目付向坂播磨守元定の嫡男という大身旗本であった。父親と反りが合わず、大喧嘩の末に勘当され牢人となったので日々の糧を得るために開いたのだ。といっても世情に疎い武士、市井で商いをするのは難しい。そのため、縁あって知り合った町人が萬相談所を切り盛りしている。

通称会津の三次、すらりとした細面の男前である。切れ長の目、薄い唇は紅でも差しているのかと思えるほどに真っ赤だ。白地に紅梅をあしらった派手な小袖がよく似合っていた。二つ名の通り会津の生まれなのだが、五つの時、旅芸人一座に買われ江戸にやって来て二十一年とあって、お国訛りは感じられない。昨年の長月までは軽業師であったが、頭領の女に手を出して一座を去ったという曰くがある。

開設してみると、三次はまめな性分を発揮し、離れ座敷をこぎれいにした。相談者に振舞う茶や菓子など用意している。ところが、相談者向けの菓子を勘十郎が食べてしまうこともしばしばで、三次は自分が寝泊りする物置小屋を改装し、待合にした。畳を敷き、文机や茶簞笥を置き、待つ間に相談者がくつろげるようにしている。もっとも、待たせるほど繁盛してはいないのだが。

離れ座敷周辺ばかりか、庭一帯、更には裏木戸前の往来まで毎朝掃除を欠かさない。

そんな三次が、

「何ですよ、どでかい相談事って」

満面に期待の笑みを広げながら揉み手をした。

「星野某が来たらわかるさ」

という勘十郎の答えにもかかわらず、

「お大名のご依頼でしょう。こりゃ、百両、いや、二百……三百、五百、いやいや、千両ってこともありますよ。すげえや。ねえ、千両入ったらどうします。日本橋の表通りに萬相談所を構えますか。その前に吉原（よしわら）に繰り出してっと……」

浮かれ気分となった三次は捕らぬ狸（たぬき）の皮算用を始めた。

「おいおい、先走るな。ぬか喜びに終わるかもしれぬぞ」

期待しているのは自分も同じだが、三次の浮かれようを見ると不安も過（よぎ）る。

「でもですよ、向坂勘十郎さまを腕試しまでしての相談事、ちんけなものだったら追い返してやらないといけませんや」

三次は腕を捲（まく）った。

「ふん、勝手にしろ」

勘十郎が大きく伸びをしたところで、

「御免！」

張りのある声と共に星野修理が裏木戸から入って来た。

「いらっしゃいませ」

三次は満面の笑みで星野を迎えた。階（きざはし）を下り、星野に一礼すると、

「お足元、お気をつけてくださいね」

　などと懇切丁寧に声をかけ、星野のために用意した菓子を添えてお茶を出した。星野は気遣い御無用とお茶と菓子には手をつけず、

「向坂殿へのご依頼を申し上げる」

　と、居住まいを正した。

　三次は帳面を広げ、身構える。

「向坂殿の豪傑ぶりを見込みまして、海賊船を退治して頂きたいのです」

　星野は言った。

　なるほど、腕試しされるわけだと勘十郎が思案すると、

「海賊っていいますと、海を荒らし回る海賊ですか」

　三次は素(す)っ頓狂(とんきょう)な問いかけをした。が、星野は三次を無視して、

「近々、国許より米、醤油、味噌、その他の品々を積んだ船が江戸に到着します。その船を海賊から守って頂きたいのです」

　と説明を加え、勘十郎に懇願した。

　横で三次が海賊退治の手間賃の算段を始めた。

　勘十郎は一呼吸置いてから、

「江戸湾に海賊が出没しおるのか」

と、呟いた。

確かに物騒な世の中である。幕府はポルトガル人との交易を禁止し、ポルトガル人の国外退去を決めたが、依然抜け荷は行われている。南蛮渡来の高価な品々を狙う海賊が出没しているようだ。当然ながら幕府は警戒をしているし、大沼家だって海賊への備えはしているだろう。殊更、海賊退治を勘十郎に頼む意図がわからない。

引き受けると答えない勘十郎を見て星野は言った。

「向坂殿、大沼家中で守ればいいではないか、あるいは公儀に助勢を求めればいいではないかとお考えですかな」

勘十郎の胸の内を見透かした星野の問いかけに、

「そうできない事情があるのか」

即座に問い返した。

「ここからは……」

ちらっと星野は三次を見た。三次が気を利かし、

「ちょいと、菓子でも買ってまいりますよ」

と、席を外そうとしたが、

「この者なら、心配無用だ」

と、勘十郎は三次の同席を求めた。

「口が硬いとおおせか」

星野は言った。

「三次は手間賃の算段にうるそうござってな。この者抜きで勝手に相談事は引き受けられないのでござるよ。まったく、小舅のような男でござる」

冗談めかして勘十郎は答えた。

星野は三次の同席を受け入れ、

「実は、船には表沙汰にできない荷が積んであるのです。あ、いや、何の荷であるかはご勘弁ください」

と、頭を下げた。

「すると、海賊はその荷を狙ってくるというのだな」

「はい」

星野はうなずいた。

「海賊どもは大沼家中の内情に通じておるのだな」

勘十郎は問いを重ねた。

唇を嚙み締め星野は答えを躊躇ったが、明かさないことには勘十郎が引き受けてくれないと腹を括ったようで、両目をかっと見開いて言った。

「海賊ども、当家を出奔した者たちであります」

「ほう、そうか……」

勘十郎が答えると不穏な空気が漂い始めた。それを見て取った三次が、

「やっぱり、菓子を買ってきますよ」

と、腰を浮かしたが勘十郎はいるように目で促した。

「深い事情があるようだな」

「そうですな、この辺のところを飲み込んでおいてくださった方がよろしいですな」

星野は小さくため息を吐くと語り出した。

海賊となっているのは、先代藩主大沼讃岐守政忠の馬廻り衆であった七人だそうだ。いずれも手練の者であった。

「首領格である戸浦玄蕃は、関が原の合戦で抜群の働きをした猛者でござる」

二十歳の血気盛んな頃、戸浦玄蕃は関ヶ原に出陣した。戦場では藩主政忠の本陣を守った。大沼家は元を辿れば美濃の土豪である。今日、多くの大名がそうであるように、織田信長の美濃攻略と共に信長に従い、当時木下藤吉郎であった太閤秀吉の家臣となって秀吉の累進により身代が大きくなっていったのだ。

大沼政忠も秀吉の九州征伐での軍功により、肥前に三万石の所領を与えられ大名となった。秀吉死後は石田三成と対立して関ヶ原の合戦では東軍につき、家康から論功行賞で加増され諫早に拠点を置く五万五千石の大名に立身したのである。

「戸浦は三国志の英傑関羽が武器としていた青龍偃月刀を駆使し暴れまわる猛者でござる」

青龍偃月刀を自在に操ることから想像できるように、体格は六尺を越す岩のような大男だそうだ。

「このため青龍玄蕃の二つ名を政忠公より与えられ、本人もそのことをいたく気に入ったのでござる。玄蕃配下の六人はいずれも、矛、弩といった唐土の武具を手に暴れております」

唐土の武具を操る猛者連中だと聞き、勘十郎は大いなる興味をかきたてられた。

「戸浦たちが唐土の武具を操るのは、戸浦が関羽を好きだからか」

勘十郎が問いかけると、

「それもありますが、戸浦たちは倭寇征伐を行っておったのです」

倭寇とは室町から戦国の世にかけて明国の沿岸を荒らしまわった日本の海賊たちである。但し、時代が下ると日本人よりもむしろ明国人、朝鮮人の海賊が多く加わった。

倭寇は完全に絶えたわけではなく、いまだ九州沖合いに出没しているのだった。

二

「政忠公は戸浦に倭寇退治を命じられた。戸浦は倭寇となっておる明国の海賊どもと戦ううちに、唐土の武具の威力を知り、自らも用いるようになったのでござる」

星野は言った。

「それは面白い男だな」

がぜん、戦闘意欲が湧いてきた。

「情けないことに、わが家中で戸浦たちに立ち向かえる剛の者はおりませぬ。かと申して他家や公儀に応援を求めることもできませぬ。当家の体面に関わることですからな」

恥じ入るように星野は頭を垂れた。

「当主である讃岐守さまの命で倭寇退治を行い、功を上げた戸浦玄蕃が何故大沼家を去ったのでござるか」

当然の疑問を勘十郎は問い質した。

「今の藩主政元さまと反りが合わなかったのです」

消え入るような声で星野は答えた。

政元は武芸よりは学問を好み、泰平の世にあっては学問と政が大事で、武芸などは武士の嗜み程度にすればいい、という考えだそうだ。

武芸に秀でてこその藩主たるべしと考える戸浦が政忠から息子政元の兵法指南役に任じられた。戦国の世を勝ち残って大名となった政忠も戸浦と考えは同じだ。戸浦は政忠の期待に応えようと嫡男政元を厳しく指導した。ところが、政元は武芸が嫌いで漢籍を読むのに熱心であった。

その頃から政元は戸浦を嫌っていた。

そして、一年前、政忠が亡くなり政元が藩主の座を継いだ。眼の上の瘤がなくなった政元は露骨に戸浦を疎むようになった。

「そんなある日のことでござった」

改まった口調で星野は言った。

政元は無類の学問好きが高じて、自らも家臣たちに四書五経などの漢籍の講義をするようになった。一定の禄を食む家臣が集められ講義が行われた。

その講義の場で政元は戸浦に質問を浴びせた。四書五経の素養などない戸浦は答えられない。政元は家臣たちの前で叱責し、嘲笑した。一度なら戸浦も我慢しただろうが、これが重なり、ついに激昂した戸浦は政元を文弱の徒だとなじった。

「殿の逆鱗に触れ、戸浦は御家を追われたのじゃ」

星野は吐き捨てた。

「なるほど、藩主への恨みから船を襲うか。すると、船の積荷とは……」

改めて勘十郎は問いかけた。

「殿が大事にしておる漢籍などの書物でござる。大量の書物を国許から江戸の藩邸に運んでまいるのです」

「海賊が本を襲うのか」

勘十郎は笑った。

対して星野は笑い事ではないとばかりに渋面となって、

「当家にとってはゆゆしきことなのです。政元公が何よりも大切になさっておられる書物……公儀の御老中方の中にも藩邸の書庫を見学なさりたいと希望される方がおられるのです。今や大沼家は文の御家と公儀で評判されております。泰平の世にあっては、御家を守る何よりの評判でござる。文の御家、大沼家の旗印と申せる書籍を海賊どもの手に渡してはならぬのでござる」

熱を込め語り終えた。

政元の書籍は文で生きる大沼家の旗印というわけだ。高々、書物と笑えないはずである。

「悪かった。いや、あんたの気持ち、よくわかったぞ」

軽く頭を下げ勘十郎は詫びた。

「おわかり頂ければ幸いです。殿の書物、なんとしても藩邸の書庫に治めなければならぬのでござる」

星野は語調を強め決意を語った。

くどさを帯びた星野の話に辟易となり、

「わかった、わかった。それで、手間賃なんだがな」

勘十郎が語りかけた途端に三次がやに下がり身構えた。

星野は上目遣いとなり、

「十両……」

と、言葉を止めた。

勘十郎の目の端に三次が落胆する顔が映った。

「話にならんな」

勘十郎は右手をひらひらと振った。

すると星野は半身を乗り出し、

「当家からは十両が精一杯でござる……ですが、戸浦の船の積荷は……」

思わせぶりな笑みを送ってきた。

「積荷を奪えばよいというのか」

勘十郎が返したところで、

「どんなものを積んでいるんですか」

三次が問いかけた。

星野はおもむろに、

「戸浦は倭寇退治を通じて、自分たちも倭寇まがいのことをするようになった。つまり、海賊行為ですな。御家を去ってからは、堂々と海賊になってしまったのでござる」

すかさず三次が、

「戸浦ってお侍の船にはごっそりとお宝が積んであるってこってすね」

例によって捕らぬ狸の皮算用を始めた。

続いて、

「戸浦を征伐して後、奴らの財宝は分捕り次第ということだな」

勘十郎は念押しをした。

「さようでござる」

星野は深くうなずいた。

「働き次第の報酬…… 戦に出るようなものだな」

勘十郎は笑みを広げた。

「では、これを」

星野は紫の袱紗包みを勘十郎の前に置いた。勘十郎はちらっと三次を見る。三次は辞を低くして袱紗包みを広げ、一両小判十枚があると確かめた。

「それで、国許から荷船はいつ頃着くのだ」

「四日後の夜半の予定でござる」

船は品川沖に停泊される。そこから品川の鮫洲にある諫早藩大沼家の下屋敷へと艀で運ばれる手筈だそうだ。

「戸浦たちは、江戸の何処かに隠れ家を設けておるのだな」

勘十郎が問いかけると、

「何処かはわかりませぬ」

「それはそうだろうな。わかっておれば、指をくわえて襲われるのを待つことはないものなあ」

勘十郎は笑った。

「では、くれぐれもよろしくお願い致します。三日後の夕暮れ、使いの者を寄越します」

と、星野は辞去しようとしたが、ふと思い出したように、

「向坂殿は勘当の身であられるのだな」

と、確かめてきた。

「親父殿との関わりを気にしておられるのだな。大目付の息子であれば、御家のごたごたが公儀の耳に達するのではないかと心配しておられるのだろう」

「おっしゃる通りでござる」

星野は認めた。

「貴殿が申されたように勘当の身だ。今のおれは、向坂家とは関係ない。戸浦玄蕃と政元公同様、おれと父とは反りが合わぬ。あんたから受けた相談事、父になど話すはずはない。儲け話を潰すことにもなろうからな」

勘十郎は断言した。勘十郎を信用したようで、

「では、よろしくお願い致す」

米搗き飛蝗のように星野は何度も頭を下げてから帰っていった。

星野がいなくなってから、

「勘さま、こりゃ、思わぬ儲け話が転がり込んできたものですね」

三次は無邪気にうれしがっている。

「おいおい、捕らぬ狸はよせよ」

「でもですよ。倭寇を退治してきたくらいに強い海賊ですよ。きっと、ごっそりとお宝を溜め込んでいますって。うまくいきゃあ、船に積んであるお宝だけじゃなくって、そいつらの根城に乗り込んでって、ごっそり溜め込んだ金銀、財宝を頂いてやりましょうよ」

興奮で顔を真っ赤にして三次は捲し立てた。

「公儀だって黙っておらんだろう。戸浦たちが名うての海賊なら、きっと根城を探索しているに違いないさ」

勘十郎が言うと、

「ですからね、お上がお縄にする前に、勘さまが退治すりゃいいんですよ。お上は戸浦たちがいつ、何処に出没するかなんか、摑んでいないでしょうからね。海は広いですよ、見つかりっこありません。その点、こっちは戸浦の出没場所がわかったんですからね。一味を捕まえて、根城が何処か口を割らせ、いや、いっそ案内させりゃいいんですよ。見逃してやるからお宝を半分寄越せって持ちかけりゃ、うまくいきますって」

すっかり戸浦の財宝を手に入れる気になっている三次に、

「相手は何人いるんだろうな」

冷めた口調で勘十郎が問いかけると、

「さっきの旦那がおっしゃっていたでしょう。戸浦以下七人ですよ」

「他にも仲間が加わっておるかもしれんぞ。唐人や朝鮮人、ひょっとして南蛮人もおるかもしれん。我ら二人で退治できるかな」

勘十郎は疑問を投げかけた。

「二人っていいますと……あっしもですか」

三次はきょとんとした。

「当たり前だろう。他に誰がいるのだ」

勘十郎が顔をしかめると、

「いや、そりゃそうなんですがね」

「怖気(おじけ)づいたのか」

勘十郎に責められ、

「そういうわけじゃござんせんが、その……お恥ずかしい話ですがね、あっしゃ、泳げないんですよ。金槌(かなづち)って奴でしてね」

「船の上で戦うのだぞ。海の中でやり取りをするわけではない」

勘十郎が言うと、

「ところが、船も苦手ってこってしてね。すぐに胸焼けがして、その、何て言いますかね、二日酔いのひどいのに遭ったようで……何しろ会津の生まれですからね。海ってもんがないもんで」

三次は頭を掻いた。

「会津では生まれただけで、ほとんど暮らしておらなんだと申しておったではないか」

「そりゃそうなんですがね、どうにも船酔いって奴が駄目で」

これまでの勢いは何処へやら、一転して三次は及び腰である。

「酒だって、飲んでいるうちに鍛えられるものだ。船もじきに慣れるぞ」

勘十郎の言葉に、

「そうだといいんですがね、どうにも自信がござんせんや」

三次は頼りなげに肩を落とした。

が、それでも気を取り直し、

「大沼さまの御家中から何人か助勢くだされぱいいのですよ。なにも、勘さまとあっしだけに任せるって法はござんせんぜ。殿さまが後生大事になさっている書物を守るんですもの。自分たちだって少しは働かないと、それこそ不忠ってもんですよ」

「国許からの荷船には大沼家中の者が乗り合わせておろうが、彼らは殿の大事な書物を守ることに汲々とするので精一杯だ。とてもあてにはできぬな。それどころか、足手まといになるかもしれぬぞ」

「そりゃ、無責任ってもんですよ。いくらなんでも、そんな無責任なことは」

「いや、無責任を平気で行うだろうな。それに、大沼家中の連中に助勢させて、戸浦の海賊船に乗り込んでみろ。財宝はやつらも見過ごしにはせぬぞ」

勘十郎がにんまりとすると、

「そいつはまずいや」

現金にも三次は自分も行くと言い立てた。

「よし、なら、三日後だな」

勘十郎は大きく伸びをした。

そこへ、

「勘さま」

と、声がかかった。

三

「こりゃ、蔵間（くらま）の旦那」

三次が迎えた。

北町奉行所同心、蔵間錦之助（きんのすけ）である。浅黒く日に焼けたいかつい顔で、近寄り難い印象を与えるが、人情に厚く、筋道を立てる気性だ。勘十郎を頼り、しばしば相談事を持ち込む。

「退屈をなさっておられるのではござりませぬか」

錦之助は笑顔を浮かべたが、いかつさが際立っただけだ。

「おれが暇を持て余していると思って、何か面白い相談事を持って来たのか」

勘十郎が返すと、

「面白いかどうかはわかりませぬが、家康公下賜の十文字鑓が働くにふさわしい場があるのですよ」

錦之助は答えてから三次を見た。待ってましたとばかりに、三次は手間賃帳を広げた。

「野伏せり、野盗退治か」

勘十郎が確かめると、

「海賊退治です」

という錦之助の答えに三次はおやっという顔になった。それを錦之助は目で制して、

「ほほう、面白そうだな」

勘十郎が興味を示すと、

「そうでしょう」

錦之助は笑みを深めた。

「よし、仔細を申してくれ」

勘十郎は言った。

「海賊は戸浦党と呼ばれております」

錦之助が返すと、

「へ～え」

三次は調子外れな声を出した。錦之助はどうしたのだと尋ねたが、

「いや、何でもありませんや」

曖昧に濁した。

勘十郎は話の先を促した。

「戸浦党というのは、元は肥前諫早藩大沼家に仕えておったれっきとした侍なんですよ。なんでも、先代のお殿さまの命令で倭寇を退治しているうちに倭寇の残党どもを束ねて、琉球(りゅうきゅう)やルソンにまで海を荒らし回ったって、とんでもない海賊なんです。首領は戸浦玄蕃という男でしてね、これが青龍偃月刀、ほら、三国志の英傑関羽が振るっていた武器を操るのです。頭領に倣(なら)って手下たちも唐土の武器を使うそうでよ」

「ほう、これは興味深いな」

星野から聞いたことは曖気(おくび)にも出さずに勘十郎は言った。

「勘さまの鑓で、戸浦党なんぞやっつけてくださいよ」

錦之助は煽り立てた。

「よし、承知した」

勘十郎が請け負ったところで、

「ええっと、手間賃ですがね」

三次が声をかけた。

錦之助は三次を向き、

「慌てるな。今回はな、戸浦党退治ではなくて、その前にやつらが奪った品々を扱っている商人がいるので、その商人をお縄にしないといけないのだ」

思わぬことを錦之助は言い出した。

「商人をお縄にするんだったら、町奉行所でやればいいんじゃないですか」

三次が問いかけると、

「それがな、商人の家には大勢の海賊たちがいるようなのだ」

要するに町奉行所の捕方だけでは手に余るということだ。

「その商人の家が海賊の巣窟になっているってわけですね」

三次はうなずく。

「何処だ」

勘十郎の問いかけに、

「品川(しながわ)です」

錦之助は答えた。

「その商人、何者だ」

　勘十郎が問いかけると、

「廻船問屋富士屋の主人で九郎兵衛という男です」

　九郎兵衛は博多出身、明や南蛮との交易によって巨利を得、新興都市である江戸に進出してきた。海賊とも渡り合う肝の太い男だそうだ。

「九郎兵衛は戸浦玄蕃とは懇意にしております」

　九郎兵衛は戸浦が強奪してきた品々を江戸や上方で売り捌いているのだとか。

「わかった。海賊の巣窟たる廻船問屋を潰せばいいのだな」

　勘十郎は確かめると、

「お願いします」

　と、錦之助は奉行からだと五十両を差し出した。

「では、今夕、また来ます」

　錦之助は一礼すると出て行った。

　錦之助がいなくなってから、

「ちょっと、厄介なことになりましたね」

三次が言った。

「そうか」

勘十郎はふふふと含み笑いをした。

「だって、そうじゃありませんか。町奉行所にしたら、江戸で海賊品が売り捌かれるのを防ぎたい、それと、南蛮との交易は禁止したんですから南蛮の品々が出回るのはまずい、だから、戸浦党の江戸での拠点を潰せばいいんでしょう。でも、富士屋九郎兵衛を潰したら、戸浦党は逃げてしまいますよ」

「要するに戸浦党の財宝も手に入らなくなると心配しておるのだろう。法度(はっと)を守るより、お宝が大事ということだな」

勘十郎は責めるような口調になったが、

「そういうこってすよ」

三次は当然のように答えた。

「富士屋に戸浦党がいるかどうかはわからんがな」

「いたらいたで困ったことになりますよ」

財宝を得られず、大いにあてはずれとなってしまうということだろう。

「かと言って、九郎兵衛を退治しないわけにもいきませんからね……勘さま、手心を加えたらどうでしょう」

三次は都合のいい提案をした。

「手心を加え、戸浦党は見逃すということか」

「ええ、まあ、そういうことですけどね」

「馬鹿、そんなことができるか」

勘十郎は顔をしかめた。

「そうですよね」

頭をかき三次は困ったと繰り返した。

「ま、考えても仕方がないさ」

勘十郎はごろんと横になった。

すると、

「勘さま、よろしいですか」

と、今度はこの家の家主、茂三の女房、お里(さと)がやって来た。

「女将(おかみ)さん、家賃なら払いますぜ」

星野と錦之助が置いていった六十両を得て強気になった三次は、胸を張って声をかけた。

するとお里は、

「ああ、それはいつでもよろしいのですよ」

厚化粧の顔に笑みを広げた。

「どうかなさったんですか」

三次がいぶかしむと、お里は立ち上がってくるりと回った。

「あれ、女将さん、その髪飾り……」

三次が指摘したようにお里は派手な髪飾りを着けている。きらきらと輝く石がまぶしてあり、首飾りにもそうした装飾が施されていた。更にはなんとも強い匂いを放ってもいる。聞けば、南蛮渡りの首飾りだという。匂いの源は匂いつきの水なのだとか。

「女将さん、洒落ていますね」

「女はいくつになってもきれいでいたいですからね」

お里は満面の笑みで科を作った。

「どちらでお求めになったんですか」

「富士屋さんですよ」

お里が答えた途端に三次はむせた。

「富士屋っていいますと、博多の廻船問屋ですよね。小間物なんかも売っているんですか」

　三次がいぶかしむと、

「そうなのよ。南蛮の品々をね、日本橋にお店を出して売っているの。きらきらとした品ばっかりでね、それはもう大した評判を取っているの」

　お里によると、連日、大勢の女が押しかけているのだとか。

「値の張る品々ばかりじゃなくてね、手頃な値の小間物も並べてあるからね、見ているだけで楽しくなってくるわ」

　お里はうっとりとなった。

「お上は南蛮の国とは交易を禁じたんですよね。じゃあ、抜け荷の品々を売っているってことなんですか」

　三次が疑問を投げかけると、

「それがね、抜け荷が禁じられる前に手に入れた品々なんですって。御奉行所だって富士屋で南蛮の品が売られているのは承知なんだからさ、構わないいんじゃないの」

　お里は言った。

　奉行所は富士屋を泳がせているのだろうと勘十郎は思った。出店を摘発しては、肝心の海賊の巣窟と化している品川の家を潰せない。好きなように商いをさせて富士屋に安心させているに違いない。

「ほんと、女にはうれしいお店ですよ。で、どうです、似合うでしょう」

お里は勘十郎を見た。

「おお、美人ぶりが上がっておるぞ」

勘十郎が誉めそやすと、

「まあ、勘さま、市井にお暮らしになって、お上手になりましたね」

謙遜はしているが、お里は満更でもない様子だ。

「いや、女将さん、ほんと、お美しいですよ」

三次も追い討ちをかけた。

お里は満面の笑みで出ていった。

「行ってみるか」

勘十郎は腰を上げた。三次もうなずくと、勘十郎に続いた。

四

富士屋は日本橋の表通りから一歩入った横丁の行き止まりにあった。間口は三間ほどで、思ったよりもこぢんまりとした店構えである。そこに女たちが嬌声を上げながら品々を手に取っている。

三次が先に入り、勘十郎が続く。

すると、間口は大して広くはないが奥行きは深い。ずらっと縁台が続き、溢れんばかりに煌びやかな品々が陳列してある。

客の間を艶やかな紅色の小袖に空色の肩衣を身に着けた若い男が接客に当たっていた。小間物ばかりではない。南蛮の貴婦人の着物も置いてあった。いずれも、大きめで日本の女で着こなすことができる者は稀(まれ)だろう。

それでも、買い求める女がいる。

「いやあ、凄いですね」

三次は店内の盛況ぶりに感心して言った。

勘十郎も圧倒される思いだ。

すると、

「みなさま、ようこそお越しくださいました」

甲高い声が聞こえた。

奥に毛氈(もうせん)を敷いた縁台がある。その縁台に男が立っていた。小柄な中年男である。

小柄さが際立っているのは、長羽織が縁台を引きずっているからだ。その長羽織も日本のものではない。戦国の世に到来した南蛮人が身につけていたビロード製の南蛮合羽（かっぱ）、マントである。真紅のど派手なマントであった。

おまけに、服も黒のビロード製の南蛮服である。とても似合っているようには見えないが、南蛮の品々を商う者の気概を示しているようでもあった。

「富士屋九郎兵衛でございます」

九郎兵衛は高らかな声で挨拶をした。

女たちは品定めの手を止めて九郎兵衛を見た。

「富士屋九郎兵衛、日頃のご愛顧にお答えしまして、本日、陳列しておる品々の値を半値にするとたい」

出身地の博多訛りで九郎兵衛が宣言をすると、女たちから大きな嬌声が上がった。

「ふん、うまいことやりますね」

三次が勘十郎に耳打ちした。

勘十郎がうなずく。

「どうせ、海賊行為で奪ってきた品々ですからね。半値にしたところで構わないわけですよ」

三次が言うと、

「それに、南蛮の品々の値の適正なんぞ、わかったものではないからな」

勘十郎も続けた。

九郎兵衛は商売上手ということだ。

「三次、ちょっと、探りを入れてこい」

勘十郎が言うと、

「おやすい御用で」

三次は縁台から下りた九郎兵衛に近づいた。

「景気いいですね」

にこやかに三次は語りかける。

「お陰さまで」

九郎兵衛は笑みを投げてきたが、目は笑っていない。三次を胡散臭い奴と見なしているようだ。

「口説いてやろうって女がいるんですけどね、どんな品がいいか……」

三次が訊くと、

「では、若い衆にお相手をさせましょう」

と見回したが、半値特売によって若い衆は手一杯であった。

「お相手はおいくつくらいですか」

仕方なく九郎兵衛が訊いてきた。

「二十四、五の小粋な女ですね」

三次が答えると、

「失礼ながらご予算はいかほどで」

「まあ、五両ってところですかね」

すると九郎兵衛は縁台に分け入り、

「これなんかどうです。南蛮の公家(くげ)の姫なんかが身につけておられますよ。姫ばかりじゃなくって、王さまも」

真紅に輝く石のついた指輪であった。

「指に嵌(は)めるのですよ」

九郎兵衛は自分の指に嵌めようとしたが、どの指も太く、うまい具合に嵌められない。

「男のわたしには無理ですが女性の細い指なら大丈夫ですよ」

「これを五両でですか」

「何しろ、南蛮の公家の姫が嵌めておられるのですからな」

「なるほど、五両では破格値ってこってすね」

三次は驚きの目をして見せた。

「おわかり頂けたようで」

九郎兵衛はうなずく。

「こんな凄い、南蛮の品々、よく手に入れられますね」

感心して三次は言った。

「それは、商いですからな」

九郎兵衛は曖昧に言葉を濁した。

「南蛮にまで仕入れに行かれるのですか」

「そんなわけはありませんわな。南蛮に行くには二年もかかりますからな。九州を訪れる南蛮人からですわ」

「ほう、なるほど」

「ま、ともかく、どっから仕入れようと珍しい品々を提供するのですから、どうぞ、楽しんでいってくださいな」

話を切り上げ九郎兵衛は立ち去った。

三次は勘十郎の側に戻って来て、九郎兵衛とのやり取りを語った。

「惚けた野郎ですよ」

三次が言った。

「よほど、肝の太い男だな」

勘十郎は言った。

「海賊の上前を撥ねるって奴ですからね。でも、今夜にも戸浦党と一緒に退治してやればいいんですよ」

「なんだ、戸浦の財宝が手に入らないのだぞ、それでいいんだな」

勘十郎はにんまりとした。

「そりゃ、困りますよ」

三次は手をひらひらと振った。

「なんだ、それは」

勘十郎は苦笑を漏らした。

「これはですよ、南蛮の公家さんの姫君が指に嵌めていらっしゃる小間物だそうですよ」

むきになって三次は言い立てた。

「ほう、なるほどな」

勘十郎はうなずいた。

「いやあ、きれいですよ。こりゃ、女が好みそうですね」

三次は指輪を抜こうとした。しかし、

「あれ」

と、困惑して左の薬指に嵌まった指輪を見る。

「どうした、そんなもの早く取れ」

勘十郎が急がすと、

「ええ、わかってますがね……あれ、おかしいな」

三次は力を入れて外そうと奮闘したが、やはり取れない。

「どうした」

勘十郎が問いかける。

「いや、その、外れないんですよ」

顔を真っ赤にして三次は外そうとするのだが、力をこめればこめるほど、かえって指に食い込んでしまった。

「おいおい、大丈夫か」

からかい口調で勘十郎は言う。

「ええ、ちょっと、勘さま、取ってもらえませんかね」

三次は指を差し出した。

「これか」

勘十郎は指輪を親指と人指し指で挟んで強く引いた。

「い、いてて、痛いですよ」

必死の形相で勘十郎は訴えかける。

「なんだ、動くな。じっとしていろ」

かえって強く勘十郎は指を引っ張った。

「やめてくださいよ」

三次は悲鳴を上げた。

「まったく、いっそ、指を切るか」

勘十郎は脇差に手をかけた。

「ひええ」

三次は慌てて引っ込める。

指輪は外れず、三次は途方に暮れた。

五

その日の夕暮れ、勘十郎と三次は品川にある妙国寺の門前で蔵間錦之助と落ち合った。妙国寺は法華宗に属し、徳川家康が江戸入りの際に宿泊したことから、現将軍家光も折に触れ参詣に訪れる。

海が近いとあって、強い潮の香が混じった夕風が勘十郎の茶筅髷を揺らした。夕陽を受け、十文字鑓の穂先が頼もしげに輝いている。

これからの手筈を打ち合わせようと煮売り屋に入った。身体の血の巡りがよくなるからと酒を少しだけ飲むことにした。酒といってもどぶろくである。

三次から富士屋の店に行ったことを話した。錦之助が、

「三次、なんだ、その妙なものは。悪さをして、勘さまから手鎖ならぬ指鎖をされたのか」

からかい半分に指輪を見た。

「それがですよ、これ、富士屋で買ったリングっていう小間物ですよ」

「リング……南蛮の娘が喜びそうだな」

「冗談言っちゃあいけねえですよ。これはね、南蛮のお公家さんの姫さまが嵌めていらっしゃるんですぜ。姫さまばかりか、お公家さんや王さまも南蛮じゃあ嵌めているんですよ」

自慢げに三次は左手を差し出した。

「三次がお公家さんかよ。お笑いだな」

言葉通り、錦之助は声を上げて笑った。大捕物を前に気持ちを和らげている。

勘十郎が、

「町奉行所が富士屋の手入れをしないのは、これからの捕物のためだな」

「その通りです。富士屋九郎兵衛と戸浦党を一括りにしたいですからね」

錦之助は意欲を示した。

「店に並べられた品だけでも、相当に贅沢な品々がありましたからね」

三次は言った。

あくまでも、財宝をあてにしているようだが、これからの捕物で没収されてしまっては元も子もない。

「今後の段取りだが」

勘十郎は話題を捕物に戻した。

　錦之助は酒で濡れた口の周りを着物の袖で拭い、

「三町ばかり南に歩くと雑木林があります。それを抜けたところが九郎兵衛の屋敷です。元はお寺だったのを住職がいなくなって、九郎兵衛が買い取ったんですよ。お寺だっただけあって広いんです」

「どんな寺院だったのだ」

　勘十郎は目を凝らした。

「それが、宗派もわからないような怪しげな寺院だったんですよ」

「怪しげなとは」

「ポルトガル人が出入りしていたそうなんです」

　錦之助はぐびりと酒を飲んだ。

　三次が、

「そりゃ、南蛮渡来の品々を運んでいたんじゃござんせんか」

「もちろんそうだ。品々ばっかりじゃない。バテレン教だよ」

　錦之助は言った。

「なるほど、バテレン教の寺院だったんですか」

　合点しましたと三次は勘十郎を見た。

「九郎兵衛はバテレンとも繋がりがあるのだな」

勘十郎の問いかけに、

「繋がりはあるでしょうが、あくまで抜け荷品を扱う関係でしょうね。九郎兵衛がバテレン教の信者だとは思いませんね」

錦之助は九郎兵衛の欲深さ、金儲けのがめつさはキリスト教に限らず信心とは程遠いと言い添えた。

「九郎兵衛はバテレンを利用していたんだと思いますよ。バテレンたちは禁令になっても、信心を捨てない連中が多いです。そんなバテレンたちをポルトガルは支援している。九郎兵衛はポルトガル人との交易をしたいがためにバテレンを助けたのかもしれませんな。バテレンの寺院を買い取り、江戸に進出するための商いの砦にしたのかもしれません」

錦之助の話は信憑性がある。

「ありそうですぜ。何しろ、店では妙ちきりんな南蛮人の格好をしておりますからね、金儲けのためなら、何でもやりますよ。ああいう類の男は。きっと、お寺だってバテレンの足元を見て安く買い叩いたに違いありませんや。ほんと、金儲けのためなら何でもやる野郎ですよ」

外れない指輪を見ながら三次は九郎兵衛への悪口雑言を並べ立てた。

「まあ、それくらいにしておけ。これから、思う様、暴れてやればいいさ」

勘十郎は言った。

「ええ、やってやりますよ」

三次は酒の替わりを頼もうとしたが、錦之助から止められ我慢をした。

「それで、町奉行所は九郎兵衛の屋敷を探索したのだろうな」

勘十郎が確かめると、

「中には二、三十人の男たちが暮らしているようですね」

「戸浦党と海賊たちか」

「そうだと思います」

錦之助がうなずくと、

「戸浦党の巣窟にもなっているのだな。すると、これから戸浦党を相手に一戦ということになるな」

勘十郎は十文字鑓を見やった。穂先と左右に伸びる枝刃が交わる箇所にくっきりと浮かぶ葵の御紋が誇らしい。

「やってやりますよ」

酒が九郎兵衛への憎しみを募らせ、三次は意気軒昂となった。

「戸浦党、一騎当千の兵揃いと聞いておる。臆するわけではないが、捕方はどれほどの人数を集めておるのだ」

勘十郎の問いかけに、

「三十人ですが……それでは少ないですかね。一時後、雑木林の中に集まることになっているんですがね」

心細くなったのか錦之助のいかつい顔が曇った。

「三十人か」

勘十郎は腕を組んだ。

「それで十分ですよ」

調子よく三次は言った。

しかし、三次の言葉を鵜呑みにすることはなく、

「増援を要請しましょうか」

錦之助は腰を浮かした。

そうしろと勘十郎が返事をしようとしたところに見覚えのある侍が通りかかった。

大沼家、江戸家老星野修理である。

「星野氏」

　勘十郎は声をかけた。

　立ち止まった星野は勘十郎に気づき、

「これは向坂殿……奇遇ですな。このような所で何を……」

　問いかけながら錦之助に視線を向けた。

「一足早く戸浦党を退治することになったのだ」

　勘十郎は錦之助を北町奉行所の同心だと紹介した。

「ほう、そうでござったか。実は当家の下屋敷が鮫洲にござって、下屋敷を訪ねた帰りでござる。お話致した国許よりの荷の受け入れについて指示してまいった次第」

　訊きもしないのに星野は品川にやって来た用件を話した。

「ああ、そうだったな。国許からの荷船は品川沖に碇を下ろし、艀で鮫洲の下屋敷に荷を運ぶのであったな」

　勘十郎も応じた。

「いかにも」

「ならば、下屋敷には多少の人数が詰めておるということか」

　勘十郎は顎を掻いた。

六

星野が目を白黒させた。

「戸浦党と海賊どもは、思ったより多人数のようなのだ。町奉行所の捕方だけでは逃がす怖れがある。星野氏、下屋敷で人数を集めてくれぬか」

勘十郎の頼みを星野は躊躇いがちに、

「すると、我らも九郎兵衛の屋敷に踏み込むのでござるか」

「そうだよ」

「いや、それは……」

星野は首を左右に振った。

「断るのか」

強い口調で勘十郎は問いかけた。

「そうではござらん。ただ、御家の人数を動かすとなりますと、拙者の一存というわけにはまいりませぬ。殿のお許しを頂かなくては」

言い訳がましく星野は言い立てた。

「殿さまは下屋敷にはおられぬのか」

「本日は上屋敷におられます。今から許可を取るとなりますと……それに、お許しになるかどうか。申しましたようにわが殿は武芸不熱心で争い事を嫌いますので」

「だが、戸浦党退治はおれに頼んだではないか」

勘十郎が言うと、

「そうですよ。星野さま、殿さまの大事な書物が運ばれてくるまで待つことないじゃございませんか。これから、戸浦党を退治すりゃあ、荷船だって、安心してやってこれますよ」

三次も説得にかかった。

「それはそうですすなあ」

星野が乗り気になったようで、

「ならば、頼む。そうだな、二十人も集めてもらおうか。なに、腕はよい。数が揃っているると見せかければよいのだ」

勘十郎の言葉に、

「承知した。ですが、くどいようですが、みな、腕は覚束(おぼつか)ない者ばかり、働きができないどころか足手まといになるかもしれませぬぞ、よろしいな」

強く言い置いてそそくさと出て行った。

三次が追いかけ、一時後に雑木林の中で集合だと教えた。

一時後、勘十郎は北町奉行所の捕方と大沼家中からの助勢二十人を率いて九郎兵衛の屋敷の門前に立った。

夜の帳が下り、月は出ていないが星が瞬いている。

錦之助以下、町奉行所の捕方は袖絡、刺又、突棒、梯子といった捕物道具を揃えているものの、星野たちときたら、武士だけではなく中間や奉公人といった連中も混じる、頼りなさである。いかにも形ばかりの寄せ集めだ。

三次は着物の裾を帯に挟み、匕首を懐に呑んでいた。

山門が閉じられているため錦之助が梯子を持つ者に練塀に梯子をかけさせた。次いで、梯子を上って練塀を越え二人が屋敷の中に入った。

程なくして山門が開けられた。

勘十郎を先頭に五十人が屋敷内に入った。

寺であっただけあって、吊り鐘堂と、本堂が残っている。しかし、本堂に人気はない。

三次が、

「ちょっくら、調べてきますよ」

と、屋敷内の探索を請け負った。

「おお、頼む。おれたちは本堂で待機をしているからな」

勘十郎はみなを率いて本堂に向かった。


三次は本堂の裏手に出た。板葺き屋根の大きな建物がある。格子窓の隙間から灯りが漏れ、物音が聞こえてきた。そっと足音を忍ばせて三次は近づく。

格子窓の隙間から中を覗いた。

大勢の男たちが作業をしている。指輪や王冠、首飾り、マント、帽子等、南蛮の小間物をこさえていた。しかし、彼らは南蛮人ではない。いずれも日本人である。実際、交わされている言葉は日本語だった。

(店で売っている南蛮の品はここで作っているのかい。するってえと、まがい物ってことになるぜ)

三次は外せない指輪を見た。

格子窓から離れ、建物の更に裏手に進んだ。波の音が大きくなる。

船着場があり、荷船が舫(もや)ってあった。

忍び足で船着場に達する。堀が引き込まれてあった。品川沖に碇を下ろした荷船から艀で荷が運び込まれ、この屋敷からも運び出せる。

船着場を離れ、周囲を見回す。長屋と神社がある。長屋は先ほど見た職人たちの住まいであろう。

三次は神社の鳥居に向かった。

この時代、寺の中に神社があるのは珍しくはない。それでも、この神社は異様であった。

社殿があまりにも変わっているのである。

戸口の上に磔柱(はりつけばしら)が飾ってあるのだ。

「ああ、そうか」

南蛮の寺だ。

バテレンは教会と呼んでいる。

三次の勘が働いた。この中に南蛮の抜け荷品があるに違いない。

すると、教会の扉が開いた。

三次は咄嗟(とっさ)に鳥居の影に身を潜ませた。九郎兵衛が男たちと出て来た。派手な真紅のマントをまとっているのは相変わらずだ。他はいずれもごつい連中である。

男たちは、一人を除き、いずれも当世具足に身を固め、青龍刀や弩を手にしている。総勢七人だ。

「戸浦殿、くれぐれも気をつけてくだされ。町方と星野が我らを探っております。ご油断なきよう」

戸浦と呼ばれた男は六尺を越す岩のような威丈夫で唐人服に身を包み、胸まで垂れた豊かな顎鬚、草双紙（くさぞうし）で見た関羽のような風貌であった。

戸浦に率いられた男たちも屈強である。

三次はそれだけ確認すると、勘十郎が待つ本堂へと向かった。


三次が入って来た。

三次は探索の結果を告げた。

「すると、奥にある神社にお宝はあるのだな」

勘十郎が確認すると、

「間違いありませんよ」

三次は言った。

「よし、行くぞ」

星野がいきり立つ。

「二手に分かれるぞ」

本堂裏にある建物と奥の神社に向かう者とに分かれることになった。

「奥の神社にはおれと星野さんがあたろうか。戸浦党征伐だからな」

勘十郎が言うと星野は応じた。

錦之助も異を唱えることはなかった。


勘十郎は星野率いる二十人と神社に至った。船着場から船が漕ぎ出された。鳥居を潜ると教会の前に具足姿の二人が立っていた。戸浦党の二人だ。戸浦玄蕃はいない。船着場から漕ぎ出された荷船に乗っているのかもしれない。

「戸浦の配下、川田一太郎(かわだいちたろう)と室谷洋平(むろやようへい)でござる」

星野が勘十郎に耳打ちをした。

川田は青龍刀を持ち、室谷は弩を手にしている。

室谷は勘十郎たちに気づくや弩を放ってきた。星野配下の者がばたばたと倒される。

星野は顔を引き攣らせ勘十郎の背後に身を隠した。

弩から放たれた矢が勘十郎にも飛んできた。

勘十郎は十文字鑓で叩き落とす。足がすくんで動けない星野たちを残し、勘十郎は二人に突進した。

十文字鑓の柄を両手で持ち、ぐるぐると回転させながら二人に向かう。次々と飛来する矢が鑓に弾き飛ばされ、地べたに落下する。

間近に迫ったところで川田が青龍刀を振り下ろしてきた。

すかさず勘十郎は鑓を構え直し穂先を川田に向ける。

穂先と青龍刀がぶつかり合い、青白い火花が飛び散った。

室谷は勘十郎の背後に回った。足音と共に具足の草摺(くさず)りが鳴る。

勘十郎は室谷の動きを見定めつつ川田に鑓を突き出した。川田は後方に飛びすさり、鑓を躱(かわ)した。

室谷が弩を放った。

幸い矢は勘十郎の右にそれ、教会の板壁に突き立った。

川田が反撃してきた。

凄まじい形相で青龍刀を振り回し、勘十郎に近づく。勘十郎は鑓で川田の足を払った。川田は飛び上がる。同時に勘十郎は身を伏せた。

勘十郎の頭上を矢が飛んでゆく。

「ああっ」

矢は川田の喉笛に突き刺さった。

室谷は動揺し、弩の矢を番(つが)える手を止めた。

立ち上がり様(ざま)、勘十郎は鐺を勢いよく振り回した。

穂先が室谷の首を切り落とした。

すると、鳥居の影に身を潜めていた星野配下が悲鳴と共にばたばたと倒れた。

鳥居から二人が入って来た。

「木暮(こぐれ)、小川(おがわ)……」

木暮は小太り、小川はすらりとした長身だ。二人とも左手に盾(たて)と右手に矛(ほこ)を持っている。矛は幅広の両刃を備えた穂先の唐土の武器である。

二人は盾で敵の攻撃を防ぎつつ矛の餌食にしてゆく。恐怖におののく星野たちは我先に逃げ去った。

仲間二人を殺されたと見るや、木暮と小川は怒りの形相で勘十郎に向かった。

勘十郎は、

「ええい！」

裂帛（れっぱく）の気合いで鑓を振り回しながら敵に迫った。鑓は巨大な車輪と化し、二人の盾を弾き飛ばす。次いで目にも止まらぬ速さで二度突いた。

穂先は木暮と小川の喉を突き刺し、鮮血と共に二人は地べたに倒れ伏した。

二人が退治されたのを見計らい星野がやって来た。

「いやあ、お見事でござるな」

満面の笑みで感謝する星野をよそに勘十郎は教会の中に入った。

中はがらんとしている。

提灯を手に星野の配下が入って来た。三十畳ばかりの板敷きが広がるばかりだ。

「探せ」

星野の命令で彼らは板を剝がし、提灯で照らす。戸浦党の財宝を探し始めたのだ。

いつの間にか三次も加わっている。

目の色を変え、半時（はんとき）ほども探したが財宝らしき物は見つからなかった。

第二話　戦国の名残り

一

蔵間錦之助率いる北町奉行所の捕方は本堂裏の建屋から大量の品々を没収したが、いずれも南蛮渡来ではなく、九郎兵衛が雇った日本人の職人たちがこしらえたのだとわかった。

つづけて屋敷内を徹底して探索したのだが、抜け荷品は見つからず九郎兵衛がポルトガル人と交易をしている証は得られなかった。

九郎兵衛は抜け荷ではなく、南蛮渡来の小間物だと偽った罪に問われ五十両の罰金と三日間の手鎖刑を課せられた。屋敷内に戸浦党が居たことは、罪に問われなかった。自分が知らぬ間に戸浦党が勝手に屋敷に侵入していたと九郎兵衛は主張し、

「あたしも迷惑たい。御奉行所で戸浦党をお縄にしてください」

と、強く願い出る始末だった。

九郎兵衛の面の皮の厚さ、図々しさに錦之助や北町奉行所の面々は辟易としたそうだ。

四日後、二十五日の朝、萬相談所の離れ座敷で、

「蔵間の旦那、減封になったそうですよ」

三十人もの捕方を出役させながら九郎兵衛の抜け荷を摘発できなかった錦之助が責任を問われたことを三次が語った。

「なに、取り戻せばよいのだ。目標ができたと思えばいいさ」

勘十郎は楽観的に捉えた。

「これで戸浦たちがなりを潜めなければいいんですがね」

外れない指輪を指でさすりながら三次は危惧した。

「戸浦玄蕃とて、追われていると知れば用心をする。申しては何だが、たかだか書物奪いたさに大沼家の船を襲うまい」

「その通りですよね。となると、お宝は絵に描いた餅ってことか」

戸浦党が奪った財宝が手に入ると目論(もくろ)んでいたのがぬか喜びだと三次は舌打ちをした。

「だから、言っただろう。捕らぬ狸の皮算用をするなと」

勘十郎は笑った。

そこへ、噂をすれば影、蔵間錦之助がやって来た。離れ座敷に上げてから、

「おお錦之助、災難だったな」

他人事(ひとごと)のように声をかけた勘十郎に、

「冗談じゃありませんよ。まったく、なっていませんや」

錦之助はぼやいた。

「まあ、餅でも食べてくださいよ」

三次が勧める餅を錦之助は自棄(やけ)になってか、むしゃむしゃと食らった。食べ終えてから、

「富士屋の品々ですがね、案の定、がらくたばかりだったんですよ」

と、言った。

「がらくたっていいますと……」

思わず三次は指輪を見た。

「南蛮交易で稼いでいた商人どもに検めさせたのですがね、どれも愚にもつかぬものばかりだそうです。南蛮の品だって偽って、あの品川の屋敷でこさえたようですよ」

「ポルトガル人との交易で手に入れたのでも、戸浦党が海賊行為で奪ってきたのでもないということだな」

勘十郎が問いかけると、錦之助はその通りだと答えた。

「ちょっと、待ってくださいよ。あっしゃ、このリングに五両も払ったんですぜ。南蛮の王さまやお公家さんの姫さまが指に嵌めていらっしゃる、やんごとなきリングですよ。いくらなんでも、これは本物でしょう」

目を白黒させて三次は言い立てた。

それを、

「くずに決まっているだろう」

無情にも錦之助は決め付けた。

「富士屋九郎兵衛、ひでえ野郎だな。それじゃあ、詐欺じゃないか。よくもまがい物を売りつけたもんだぜ。ありゃ商人じゃないですよ。五十両の罰金と手鎖三日じゃ、軽すぎますぜ」

語調を強め、三次は九郎兵衛を批難した。

「九郎兵衛を取り調べたのだろう」

勘十郎は錦之助に問いかけた。

「戸浦玄蕃との関係は認めましたが、戸浦が大沼家を去ってからは会っていないと申しております」

「戸浦から品々を流されたのではないと証言したのだな」

「そういうことです。もし、海賊行為で得た品々を扱うのだったら、もっと高い値をつけ、分限者やお大名に売るとうそぶきましたよ。ま、それはそれで筋は通っているんですがね」

悔しそうに錦之助は鼻を鳴らした。

「なんだか、狐に抓(つま)まれたような気がしてきましたよ」

三次はしげしげと指輪を眺めた。

「もっと、九郎兵衛を絞ってやろうと思いますがね。しぶとい野郎で、どこまでが本当なのか嘘なのかわかりにくい話ばかりをします。脅そうが動ぜず、禁令が発せられる前に行ったという南蛮人との交易を語り出します。煙(けむ)に巻くような勢いですよ」

錦之助も手に余るようだ。

「九郎兵衛とは別に町奉行所で戸浦党の探索は行っておるのだろう」

勘十郎が問う。

「戸浦玄蕃が大沼讃岐守さまに深い恨みを抱いているというのは専らの噂です。反りが合わなかったようですな。先代には重用されていたのが一転して疎んじられたそうですよ。讃岐守さまは文に長けたお大名で知られているそうです」

錦之助が答えると、

「戸浦に文弱の徒と蔑まれたことを恨んだ大沼讃岐守に、家を追われたことを戸浦も逆恨みしておるのだろう」

勘十郎は返した。

「勘さま、よくご存じですな。いやあ、感心致しました」

「そんなことはどうでもいいのだが、それが正解ということなのだな」

「ええ、まあ、一応はそんな具合になっておりますな」

錦之助の言い回しは微妙なものへとなっていった。

「どうした。何か疑問でもあるのか」

勘十郎が指摘をすると、

「それが、九郎兵衛の証言によりますと、まこと、微妙なんです。九郎兵衛が申すには戸浦と讃岐守さまはそんなに不仲ではなかったそうなのです。戸浦は大沼家のご家来衆と仲違いしたと、まあ、九郎兵衛の証言がどれだけ信用できるのかわかったものではございませんが」

「それが真だとすると戸浦は大沼讃岐守に対する恨みはないことになるな。まあ、讃岐守への恨みはなくとも、大沼家にはあるのかもしれんが」

「御公儀は南蛮人の出入りを厳しく締め付けています。そんな中、南蛮人との交易を勧める富士屋、海賊行為をやめない戸浦への大沼家の危機感は相当なものかもしれません」

「品川で聞いただろう。おれが大沼家の江戸家老星野修理からの依頼で戸浦党から大沼家の荷船を守ることを頼まれたと。戸浦党は何を狙っておるかというと、藩主讃岐守の大事な書物、というのだ」

「ほう、書物がお宝とはさすがは学問に優れ、文を重んじる大沼讃岐守さまですなあ」

錦之助が納得すると三次が、

「あくまで萬相談で承ったんですからね。蔵間の旦那に内緒にしていたこと、怨んじゃいけませんぜ」

と、横から口を挟んだ。

「まあ、それはいいが、すると、勘さまは戸浦党退治に乗り出されるというわけで」

「ああ、今夜のはずだったが、まあ、品川の一件で中止だな」

「なんだか、わしが邪魔したみたいですね」

錦之助は頭を下げた。

「おまえのせいじゃない。おまえは懸命に役目を果たしたのだからな」

勘十郎に慰められ、錦之助はうなずいたものの思いつめたように口を閉ざしたが、

「勘さま、もし、戸浦党退治をなさる機会がありましたら、わたしもご一緒させて頂けませぬか」

目を見開いて申し出た。

三次が、

「それはお辞めになった方がいいですよ。町奉行所と大沼家が揉めることになるかもしれませんので」

「それはそうだが」

錦之助はそれでも仲間に加えて欲しいと嘆願した。

「まあ、錦之助、おれと三次に任せろ」

やんわりと勘十郎は断った。

「わかりました」

　これ以上は無理強いできないと錦之助は引き下がった。

　錦之助が立ち去ってから、

「何だか、妙な具合になってきましたね」

　三次は疑問を口に出した。

「何か裏がありそうだな」

　勘十郎もうなずく。

「かと言ってやめるわけはいきませんからね」

　三次が念押しをしたところで、

「若、おられるか」

　という声が聞こえた。

　羽織袴に身を包んだ老齢の武士が立っていた。髪は真っ白、垂れ下がった眉も白い。無数の皺が刻まれた面差しは思いの外(ほか)、肌艶はいい。

　やや背筋が曲がっているものの、かくしゃくとした様子である。蜂谷柿右衛門(はちやかきえもん)、向坂家の用人で、勘十郎の守役であった。

「渋柿さまですね」

　三次は勢いよく立ち上がった。

　三次が言ったように、不機嫌になり渋面(じゅうめん)となると、熟した渋柿のような面相になる。このため、名前の柿右衛門に引っかけ、渋柿が二つ名となっていた。

「若、おいでか。よかった」

　柿右衛門は年齢を感じさせない軽やかな足取りで階(きざはし)を上がり、離れ座敷に入って来た。

「親父殿が面倒なことを言ってきたのか」

　勘十郎はあくびをした。

「若、またそのようなことを……。今日はですな、お父上の依頼というよりは、公儀が頭を悩ましております、南蛮海賊どもについての相談事ですぞ」

　柿右衛門は紫の袱紗包みを取り出し、勘十郎の前に置くと、それを広げた。

「百両あります。これは前金。南蛮海賊どもを退治してくだされ」

　柿右衛門は言った。

　三次が、

「百両とは豪勢ですね」

と、目を輝かせた。

「南蛮海賊とは何者だ」

勘十郎は問いかけた。

「南蛮、ポルトガル人を中心とした海賊どもですよ」

柿右衛門は答えた。

「どれくらい、おるのだ」

勘十郎が問いかけると、

「複数の南蛮船に乗っておりますので、二、三百人はおるものと」

柿右衛門が答えると、

「そ、そりゃ、ちょっとばかり、いや、大いに多すぎますよ。いくら、勘さまだって、一人で三百人相手じゃ……あ、いや、あっしも入れて二人じゃ手に余りますぜ」

猛然と三次が抗議をした。

「いやいや、いくらなんでも海賊どもを退治してほしいとは頼まぬ。そうではなくて、南蛮海賊どもを操る日本人を捕縛してほしいのでござる」

柿右衛門は勘十郎を見た。

「操る者というと」

勘十郎は尋ねた。

「仙台藩、伊達家」

と、柿右衛門は不穏なことを言った。

二

「ほう、仙台伊達家がな。政宗公は家臣を南蛮や西洋に派遣したことがあったな」

勘十郎の言葉に柿右衛門はうなずき、

「その政宗公、昨日に亡くなられたそうです」

「……そうか、独眼竜が死んだか」

感に堪えたように勘十郎は言った。

「最後の戦国武将が亡くなり、戦国の世が名実共に終わったという感じですな」

柿右衛門もしみじみ返した。

伊達政宗の死に思いを馳せる二人に対し、三次はさばさばとして、

「それで、政宗公が亡くなったのと南蛮海賊とどう関わるんですかね」

我に返ったように柿右衛門は手で膝を打って本題に戻した。

「そうじゃったな。政宗公亡き伊達家は御公儀からの改易の動きに敏感になっておってですなあ、それで、御公儀に備えて武力を充実すべしという一派と、穏便に事を進めるべしという一派に分かれておるのです」

「さすがは渋柿、いや、鉢谷さま、よく事情に通じておられますね」

百両を受け取ったせいか三次は臆面（おくめん）もなく柿右衛門を持ち上げる。

対して勘十郎は、

「親父が探りを入れたのだろう」

と、警戒気味に問いかけた。

「まあ……その通りです」

大名を監察する大目付たる父元定は全国の大名の動きを探っている。仙台藩のような大藩の動きには特に目を光らせていた。隠密によって政宗の病状が悪化、死の床にあることを把握した上で、それに伴う伊達家中の動きを探ったのだろう。

「今のところ、穏健派が主流となっておるようで、家督を継がれる忠宗（ただむね）公も公儀に叛旗を翻す気など毛頭ございませぬ」

「それなら、安心なんじゃございませんか」

三次が口を挟む。

「それがそうでもない。過激な一派はポルトガル人どもと結びついておるのでな」

幕府が国外退去としたポルトガル人と組み、更にはキリシタンも傘下に置き、江戸を火の海にせんという企てをしているらしい。

「ポルトガル人を中心とした南蛮海賊を江戸湾に呼び寄せるのだな」

勘十郎が念を押すと柿右衛門は大きくうなずいた。

「ならば、父上が伊達家を糾問すればよいではないか」

勘十郎は言った。

「それをしたなら、公儀と伊達家の戦になります」

柿右衛門は表情を強張らせた。

「戦をする気はないのか。泰平の世に慣れきった旗本どもは使いものにならんか」

勘十郎は批判を込めて問いかけた。

「若、血気盛んはよいのですが、そう単純にはまいりませぬ。公儀が軍勢を催すとなりますと、莫大な費えはもちろん、戦乱を知らぬ武士どもを陸奥の伊達領へ向けねばなりませぬ。仙台藩伊達家とて、攻め込まれればむざむざと降参などしませぬ。数で勝る御公儀の討伐軍は勝利しましょうが、相当な出血を強いられます」

柿右衛門の言葉にうなずき、

「伊達家とて討伐軍を引き受けるとなると、南蛮人から大量の武器を買いつけような。公儀が渡航を禁止しようが、ポルトガル人は未だ交易を求めて日本にやって来る。バテレン教に好意的であった伊達家を支援するだろう。ポルトガル人ども、たとえ伊達家に勝ち目はなくとも、武器が売れればよいと考えるであろうな。ひょっとして、公儀にも買わせようと働きかけるかもしれぬ」

「まさしくです。特に鉄砲、大筒の類はポルトガル人から大量に調達をすることでしょう。泰平が続き、江戸城の武器倉には鉄砲、大筒の備えは心細いもの。ましてや、諸大名には鉄砲を所持することは最小限にするよう命じております。伊達領攻めに手こずれば、公儀とてポルトガルとの交易を再開してでも武器を買わねばならなくなるかもしれませぬ」

「軍勢の数で勝っても鉄砲、大筒ではいいところ互角か、ポルトガル人の支援を受けた伊達家に劣るかもしれぬな」

勘十郎の見通しを柿右衛門が嚙み締めるようにうなずき、

「伊達家は奥羽街道を封鎖して待ち構えると思われます。大軍が縦隊となって攻め寄せたところを鉄砲、大筒で攻撃するでしょう。さすれば、公儀の先鋒は崩され、敗走しましょうな」

「先鋒は井伊家あたりか。徳川の譜代が負かされたとあっては、将軍家の沽券に関わるな。それに、怖気づいて後続の軍勢も浮き足立つ。ならば、間道を進めばよさそうなものだが、地の利に勝る伊達家はありとあらゆる間道に備えておるだろう。すると、海路だが……」

思わせぶりに勘十郎は言葉を止めた。

「そうです。公儀には大船はございません。諸大名にも大きな船の建造を禁じております」

「ポルトガル人を味方につけたとなると、伊達家は南蛮船で海を守る。仙台を海から攻めるのも難しいということか。まったく、泰平に慣れきったつけが回ってきたな」

勘十郎は顎を掻いた。

ここで三次が、

「それでも、公方さまのご命令とあれば、お旗本やお大名衆は出陣しないわけにはいきませんよね」

「だから、尚のこと損耗が懸念されるのじゃ。よって、殿は伊達家とは絶対に戦をしてはならぬとお考えなのです」

柿右衛門は顔をしかめた。

ふと勘十郎は、

「他に大きなわけがあるのではないか。伊達領に攻め込みたくはないわけが」

柿右衛門はしばらく黙っていたが、

「西も気がかりなのですよ」

と、呟くように答えた。

「西というと九州か」

「さようで」

「薩摩(さつま)か」

「いえ、今のところ薩摩が公儀に叛旗を翻す心配はございません。それよりは、バテレンどもです」

肥前あたりにはキリシタンの勢力が根付いている。豊臣秀吉、徳川家康がキリスト教の禁止令を出し、二代将軍秀忠(ひでただ)、三大将軍家光も禁令を出し続けているが、依然としてキリシタンの教えを捨てずにいる者が多数いる。

「近々、バテレンどもの間には救い主が現れるという噂が広まっておるようなのです」

「それは、バテレンどもが崇(あが)める神、イエス・キリストが現れるということか」

勘十郎が問うと、

「そんな馬鹿な」

三次は茶々を入れたが、

「我らからすれば馬鹿げた話じゃがな、バテレンたちには深く信じられている話。逆に言えば、それにすがって日々の暮らしに耐えておるのじゃ」

「なるほど。鰯の頭も信心ですからね。でも、バテレンが一揆を起こしたって、公儀が大慌てするようなことなんですか」

「三次は知らぬじゃろうが、一揆は侮れぬ。特に信心を持った者どもの一揆はな」

柿右衛門は勘十郎に視線を向けた。

「戦国の世、織田信長公が天下統一を進める上で一番の難敵は、武田信玄でも上杉謙信でもなく、一向宗徒だったのだ。一向宗、つまり、浄土真宗本願寺派は法主顕如の下、織田勢と血で血を洗う戦をした。法敵信長を討て、織田勢と戦って討死を遂げれば極楽浄土に逝けると信じて彼らは戦った。死を恐れない軍勢ほど厄介なものはないぞ」

勘十郎の話を聞き、

「なるほど、おっしゃる通りですね。すると、バテレンたちは公儀の軍勢と戦って死んだら極楽へ逝けるって考えるんですかね」

　三次が言うと、

「バテレンどもはハライソと呼んでおるそうじゃがな」

　柿右衛門が返すと、

「ハラヘソですか。バテレンにとっちゃあ、ヘソが極楽ってわけで」

　とんちんかんなことを言いながら三次は自分のヘソのあたりを指でさすった。

「ハラヘソではなくハライソじゃ」

　柿右衛門が語気を強めて間違いを正すと、

「ハライソ……」

　三次は首を捻った。柿右衛門は顔をしかめ、

「極楽のことじゃ」

　と言ったが、三次はいま一つ納得できないようだ。勘十郎が、

「それで、九州ではバテレンたちが一揆を起こすかもしれぬのだな」

「その兆しがあります。やはり、ポルトガル人どもがバテレンたちを後押ししておるようなのです。ポルトガルは日の本の国をわが物とする気でおるのかもしれませんぞ」

柿右衛門は渋面を作った。あだ名の通り、渋柿のようだ。

「つまり、九州と奥羽という東西で戦が起きるのは避けたいのだな。二つの騒乱は大きな火種となり、全国に燃え広がる。戦国の世に逆戻りということか」

勘十郎は笑みをこぼした。

「若、喜んでおられては困りますぞ」

「だがな、戦乱の世に戻れば、おれだって鐺働きで一国一城の主となれるかもしれぬではないか」

勘十郎は肩をゆすって笑った。

「また、そのようなことを」

柿右衛門の渋面が深まったところで勘十郎は真顔になって問いかけた。

「で、おれにやってもらいたいこととはなんだ」

「仙台藩の過激派を束ねる、横手陣三郎一派を退治願いたい。御公儀が手を出しては、申しましたように伊達家と戦になります。殿は伊達家の穏健派と手を結び、難局を乗り越えようとしております。伊達家中から横手に刺客を向けるわけにもゆきませぬ。それでは御家は分裂しかねませんからな。忠宗公は横手陣三郎の始末をお父上に一任なさったというわけです」

「よかろう。で、横手について話してくれ。過激派を束ねておるからには、相当に武芸に長けておるのだろうな」

「横手は武芸十八般に通じております。特に鑓は宝蔵院流の名手ですぞ。併せて鉄砲も達者で、伊達家自慢の馬上鉄砲組を指揮しております」

柿右衛門は鑓を振るう真似と鉄砲を放つ格好をした。

俄然、闘志が涌き上がる。

「宝蔵院流鑓の名手か。それと、伊達政宗公自慢の馬上鉄砲組な。相手に不足はないな」

「むろん、若の手勢も考えております」

食いはぐれた牢人たちを柿右衛門は雇ってあるとのことだ。

「よかろう」

重ねて勘十郎が引き受けると、

「すみません。退治した相手の数によってですがね、百両じゃ不足するかもしれないんですがね」

三次はえへへと上目遣いに語りかけた。

「わかっておる。見事、討伐した暁にはそれ相応の褒美をくださる」

曖昧な言い方ながら、褒賞はくれるそうだ。

三

「わかった。それで、どうすればいい。仙台まで乗り込んで横手陣三郎一派を退治すればよいのか」

勘十郎は腕まくりをした。

「いや、横手一派は江戸の藩邸に住まいしております。ですが、藩邸で騒ぎを起こすのはまずうござる。ただ、幸いなことに横手は配下の者どもと芝で道場を営んでおるのです」

「そこが、一派の巣窟となっておるのだな。何人ほどがおる」

「総勢二百人ほどおるようですが、江戸におるのは二十人、選りすぐりの者どもですぞ」

「益々、闘志をかきたててくれるではないか。よし、早速行くか」

勘十郎は腰を上げた。

「ちょっと、待ってくださいよ。真昼間ですよ」

三次が危ぶむと、

「そうですぞ、若。軽挙妄動は謹んでくだされ」

柿右衛門も止めに入る。

「慌てるな。敵を知れば百戦するも危うからず。まずは、横手がどんな奴らか様子を見てくるのだ」

「様子っていいますと」

「道場を構えておるのだろう。ならば、道場破りを名目に乗り込んでやる」

勘十郎は言った。

「なるほど、こりゃ、面白いや」

三次も乗り気になった。

「では、若、くれぐれもよしなに」

用はすみ、柿右衛門はそそくさと帰っていった。

「ふん、爺は暢気なもんだ」

勘十郎は三次を伴い離れ座敷を出た。

勘十郎と三次は、芝口南、飯倉神明宮の門前町に構える横手陣三郎の道場へとやって来た。

地味な黒地の小袖に裁着け袴、大小を落とし差しにした勘十郎は茶筅髷がぴんと立ち、六尺近い長身とあって十文字鑓を担いでいなくとも、回国修行の武芸者風だ。

伊達家が出入り商人から買い上げた屋敷に道場を増築したのだそうだ。

黒板塀が巡る五百坪ほどの敷地には道場と長屋が建ち並んでいる。道場で寝泊りができるようだ。

開け放たれた冠木門を潜ると、庭で紺の胴着に身を包んだ侍たちが素振りをしている。木刀だが真剣を扱うように殺気だっていた。

三次を残し、勘十郎は道場の玄関に立った。

「頼もう」

声を放つ。

侍たちが足早に近づいてきた。

「拙者、回国修行の牢人、向坂勘十郎と申す。横手殿に一手指南を賜りたく参上致した」

勘十郎は侍たちに向かって声を放った。

「手合わせか」

一人が返すと残りの侍も勘十郎を睨んできた。

「路銀欲しさにやって来たのなら痛い目に遭うぞ」

「そうか、痛いのは御免だな。あんたは痛いのは好きなのか」

小馬鹿にしたように笑みを投げかけた。

「よくも、舐めたことを」

男は木刀を振り上げた。

すかさず勘十郎は相手の鳩尾に拳を叩き込んだ。相手が膝を地べたに屈する。その男から木刀を奪うと、間髪容れず勘十郎は残る三人に斬りかかる。

三人は虚をつかれ、一人目は肩を打ち据えられた。残る二人は体勢を整え、応戦した。

「痛いだろう」

昏倒する二人にからかいの言葉を勘十郎は投げかける。

「おのれ」

二人が同時に斬り込んできた。

「痛いぞ」

声をかけながら勘十郎は二人に向かった。

一人の胴、もう一人の籠手を激しく打ち据えた。

相手は苦悶の顔をする。

「どうだ、痛いだろう」

勘十郎は笑った。

そこへ、

「何事じゃ」

と、野太い声が聞こえた。

声の方を見ると総髪に結った男が立っている。枯れ木のように痩せ細った身体、ぎろりと光る三白眼、尖った頬骨、すべてが只ならぬ者の雰囲気を醸し出していた。

男は勘十郎に打ち据えられた侍たちに視線を向け、

「情けないのう。政宗公の顔に泥を塗る者どもめ」

辛辣な批難の言葉ながら口調は穏やかなまま鋭い眼光で見据えた。

侍たちは両手をついてから立ち上がると、猛然と素振りを再開した。

「さて、貴殿」

何事もなかったように男は勘十郎に静かに問いかけた。勘十郎は改めて名乗り、手合わせを申し込んだ。

「ほう、わしとな」

その言葉には命知らずめという意味が込められている。

「横手殿は評判の武芸者と聞き及んでおります。わけても、鑓は宝蔵院流の使い手と耳に致し、是非とも御指南頂きたいとまかりこしました」

「そうか。貴殿の腕はこの者どもの有様を見ればわかる。よかろう、相手を致す」

横手は勘十郎を受け入れた。

「失礼致す」

勘十郎は道場の中に入った。


板敷きで勘十郎は横手と向かい合った。

横手は木刀を持たず、無腰(むごし)である。

「得物は何でも使え」

横手は言い放った。

「ならば、木刀でお願いしたい」

勘十郎の頼みを受け入れ、

「よかろう」

横手は配下の者に目配せをした。一人が木刀を勘十郎に手渡した。

やや太く、重い木刀を手に馴染ませようと何度か素振りをした。素振りをすると、じき汗ばんでくる。横手との立会いを前にした緊張が解れていった。

よし、これでよい。

身体も解れ、気持ちも高まりはしたが、決して驕ってはいない。

勘十郎は横手に向いた。

「…………」

どうした、横手は木刀を持っていない。

対決を避けているのか。

戸惑いの目を向けると、

「いかがした。準備が整ったのなら、かかってまいれ」

横手は言い放った。

「横手殿、木刀を手にされよ」

勘十郎が問いかけると、

「無用」

横手は言った。

「無用とは、おれとは手合わせせぬということか」

不快感を抱きながら勘十郎は言い放った。

「すると申したはず」

平然と横手は言った。

「ならば、木刀を取れ」

「だから、無用と申した。貴殿、命拾いをしたな。貴殿の命が惜しいゆえ、貴殿の命を取らぬ」

横手は謎めいた挑発をした。

「どういう意味だ」

「最早、問答無用。さあ、挑んでまいれ」

横手は両手を大きく広げた。

舐めておる。

勘十郎は凄まじい怒りを抱きながら木刀を大上段に構えた。

横手は爛々たる双眸で勘十郎を睨んでいる。

勘十郎はすり足で間合いを詰めた。

一体、何を考えているのだという邪念が勘十郎の脳裏を過る。

しかし、眼前に迫る横手は悠然と立っている。

横手の懐に飛び込むと勘十郎は動きを止め、

「てやあ！」

大音声を発して横手を威圧した。

しかし、横手は微動だにしない。

「どうした、臆したか」

横手は薄笑いを浮かべた。

勘十郎は頭に血が上った。

「いざ」

勘十郎は横手の胴を狙った。両手を広げた横手の胴は隙だらけだ。

木刀は横手の胴を払った。

「ううっ」

手首に猛烈な痺(しび)れを感じた。

間違いなく木刀は横手の胴を叩いた。しかし、横手は笑みを崩さず、勘十郎の攻撃を平然と受け止めている。

「どうした」

横手は言った。

勘十郎は後ずさり、再び胴を打った。しかし、まるで大木に打ち込んでいるかのような凄まじい衝撃を受けるものの、考えられないように横手は立ち尽くしていた。

勘十郎は後ずさり、間合いをとってから、勢いをつけて横手に走り込んだ。

「てえい!」

力を込め、大上段から木刀を振り下ろす。

木刀は風を切り横手の頭部を打った。

が、

「ああ」

勘十郎は木刀を落とした。

まるで、岩を打ったような衝撃が勘十郎の手を襲った。しかし、横手は何事もなかったように静かに立ち尽くしている。

「どうした」

余裕の笑みすら浮かべていた。

化物(ばけもの)だ。

勘十郎の背筋に寒気が走った。

四

「どうした、もう、降参か」

　横手は冷然と問いかけてきた。

「参った」

　屈辱よりも恐怖心を覚えた。

「そなた、中々に力強い太刀筋じゃ。うむ、よき腕をしておる。気に入った。一献、傾けようぞ」

　勘十郎の返事を待たず、横手は酒の支度を命じた。道場の一室で勘十郎は横手と向かい合う。

　酒が用意された。肴は小皿に盛られた味噌だけである。それが、横手の質実剛健さを物語っているようだ。

「貴殿、禄を食む気はないのか」

　横手は言った。

「なくはない。というか、ひょっとして伊達家で召抱えてもらおうという下心があってのこと。しかしながら、こうも無様な負けをしたとなると、仕官の願いなどできるわけはないな」

勘十郎は手で頭を掻いた。

「どうしてどうして、貴殿の腕は上の部類だとわしは見た。得物は何が得意じゃ」

横手は上機嫌である。

「鑓だな」

「さもあろう。わしも鑓の方がよい」

「宝蔵院流の使い手とか……ところで、木刀にも屈しない頑強な身体ですな」

感心して勘十郎は言った。

「鍛えておるからな」

横手たちは山籠りをしての壮絶な修行を語った。

「我ら一騎当千の兵とならねばならぬ。亡き政宗公の薫陶を受け、政宗公が築いた仙台伊達家をお守りせねばならぬ」

決意を示すように横手は目をしばたたいた。

「伊達家は政宗公の薫陶を受け、横手殿に代表される質実剛健、武芸の御家でござろう」

「そうであると返答したいところだが、政宗公が亡くなり、文弱の徒が大きな顔をし始めておる。実に嘆かわしい。泉下の政宗公に顔向けができぬ」

横手は嘆いた。

「横手殿、戦国の世に生まれてくればよかったな」

「向坂氏も自分が生まれてくるのが遅かったと、考えておるのではないか」

横手は声を上げて笑った。

笑い終えると、

「伊達家に仕官せぬか」

横手は誘いをかけてきた。

「それは、願ったりかなったりでござるが、昨今、牢人を召抱えるに、いずこの家中も及び腰でござる。貴殿が承知してくだされても、重臣方に反対されるやもしれぬ。ぬか喜びとならねばと思うのだが」

勘十郎は言った。

横手は渋い顔つきとなり、

「それじゃ。向坂氏に過剰な期待を抱かせては申し訳ないので、正直に申す。目下、伊達家においても牢人の召抱えには熱心ではござらぬ。申したように文弱の徒がのさばっておるのでな」

　憎憎しそうに返した。

「仙台伊達家までが公儀の目を気にしておるとはな」

　勘十郎も嫌な顔をした。

「伊達家ばかりではない。泰平が続くと武者は牙を抜かれる。みな、文弱の徒となり果てるのだ」

　二人はしばし、文弱化する世の趨勢（すうせい）を嘆いた。

「そんなことをしておると、日の本は危ういぞ」

　横手は激した。

「ほほう、どうしてですかな」

「南蛮の国に攻め取られてしまうと申しておるのじゃ」

　酔いが回ったのか横手は酔眼となり、語調を強めた。総髪に結った髪を右手でかき上げた。

「ほほう、南蛮が攻めてくるのか」

　勘十郎は興味を抱いたように水を向けた。

「そうじゃぞ。南蛮の手口はな、戦国の世で明らかじゃ。狙いをつけた国にバテレン教の宣教師を送り込み、その国の民をバテレン教の信者とし、その地を治める領主には交易の利を与え、しかる後に軍勢を送り込むのじゃ。それがわかったゆえ、太閤はバテレン教を禁止した」

とうとうと横手は捲し立てた。

ふと、

「噂だが、政宗公は南蛮や西洋へ使者を送り、好を通じたとか。使者はローマという町にあるバテレン教の総本山まで出向いたそうではないか」

勘十郎が話題を向けると、

「政宗公の偉大さはバテレンや南蛮を利用しようとなさったことじゃ」

横手の出っ張った頬が紅潮し、三白眼がぎろりと剝かれた。

「利用というと……巷間噂された、大坂の陣の時のことか。いやあ、噂で耳にしたことはまことなのか。つまり、スペイン国から艦隊を派遣してもらい、バテレン教徒、大坂方と組んで天下をひっくり返す……」

「噂じゃ。噂じゃがな、政宗公ならではそんな噂が出るほどに、南蛮人どもを従えられる器量の持ち主じゃということだ」

声を大きくして横手は伊達政宗を賛美した。

「横手殿も南蛮人を利用するつもりか」

「利用してやるぞ」

横手はぐいと杯を飲み干した。

それから、

「向坂氏、この道場に入門せよ」

「しかし、ここは伊達家中の道場でござろう。門外漢が入門できるのですかな」

「構わぬ。ここはわしの道場じゃからな」

横手は言った。

「ならば、是非とも入門を願いたい」

膝に両手を置き勘十郎は頭を下げた。


その頃、三次は庭で倒れた門人たちに菓子を渡し、

「へへへへ、大変ですね」

などと愛想を振り撒いて近づく。

「なんだ」

警戒の目を向けられた。誰も三次と語るどころか目を合わせようともしない。

「みなさん、厳しい修行をなさっているんでしょうね」

何とか話の接ぎ穂を見つけようとするが侍たちは乗ってこない。これでは三次といえど、どうしようもない。

「お酒、召し上がりますか」

酒で誘っても無言の拒絶をされ、彼らは素振りを始めた。何者も拒絶するような強い態度である。

そこへ男が一人やって来た。

よれよれの垢じみた着物に無精髭、むさ苦しい牢人である。

「御免、横手殿に一手御指南願いたい」

と、道場破りであった。

すかさず、四人が応対に当たる。

牢人は横手との立会いを求めたが、門人の一人にあっさりと打ち据えられ、ほうほうの体で逃げ去った。

「道場破り、よく来るんですか」

三次が問いかけると、追い払った男から、

「まあな」

と、ぶっきらぼうに返された。

勘十郎にやられた鬱憤を今の道場破りで晴らしたようで、男の表情は柔らかになっていた。

「さっきの大柄なご牢人さんみたいに強いお方もいるんでしょう」

明るく三次は問いかけた。

「稀にはな」

「やはり、こちらの評判を耳にした牢人さん方がいらっしゃるんですね。四人の方々は番犬みたいなもんだ」

「犬じゃと」

男はむっとした。

「おっと、こいつは失礼しました。それにしても、さっきのご牢人は横手さまがお相手なさるんでしょう」

「そうだ」

「相当な腕でいらっしゃいましたけど、横手さまは大丈夫ですかね」

「当たり前だ」

「でも、みなさんも相当な腕でいらっしゃるのでしょう。その四人をあっと言う間にのしてしまわれたんですよ」

「横手先生は人ではない」

「どういうこってすか」

「先生は人を超えた技を備えておられる。我ら門人が束になってかかっても一蹴(いっしゅう)されてしまうだけだ」

　男は言った。

「へ～え、そらすげえや」

「もうよい、出て行け」

　男は右手をひらひらと振った。

　勘十郎が中々出て来ないのが気にかかったが、ひとまず道場から去った。

　道場の一室では、

「まこと、入門してよろしいのですな」

　勘十郎は念押しをした。

「武士に二言(にごん)はない」

　横手は返した。

「かたじけない」

「次は鑓を見たいな」

「承知した」

「向坂氏とは気が合いそうだ。まこと、泰平には少なくなった質実剛健を旨とするまことの武者じゃ」

「そこまで言われるといささか照れますな」

「本当のことを申したまで」

横手は真顔になった。

「では、期待に背かぬよう努力を致します」

勘十郎は一礼して立ち上がった。

と、不意に、

「公儀大目付向坂播磨守殿とは関係がござるのか」

三白眼をぎろりと光らせ、横手は問いかけてきた。

素性を誤魔化してもばれるだろう。

五

「息子だ」

勘十郎は素性を明かしてから、

「正しくは息子であった……つまり、勘当の身だ。よって、向坂播磨守とは目下、他人だ。勘当のわけは……とにかく親父とは反りが合わなかった。親父は役人を絵に描いたような男でな」

と、苦笑を漏らした。

「ほう、勘当の身か」

勘十郎を見上げる横手の顔は無表情だ。信じているのか疑っているのか判然としない。

「ま、よい。ともかく、入門を許す」

横手に言われ勘十郎は一礼して去った。

勘十郎が去ってから、

「加藤（かとう）」

と、横手は呼ばわった。

襖が開き、胴着姿の男が入って来た。

勘十郎に痛い目に遭わされた一人である。

「今の牢人、素性を確かめよ。公儀大目付向坂播磨守の息子だ。勘当されたそうだが、わかったものではない。腕は申し分ないゆえ、仲間に加えたいが、向坂播磨の犬であるとも考えられるからな」

横手は命じた。

「承知しました」

加藤は道場を出た。


勘十郎は道場を出ると悠然と歩き始めた。半町も歩くと尾行がつけられていることに気づいた。

「ふん、やって来たか」

勘十郎は大きく伸びをし、周囲を見回す。いい具合に茶店があった。足を向け、茶と団子を頼む。

「厠を借りるぞ」

勘十郎は茶店の裏手に出ると、そのまま店から足早に立ち去った。

が、加藤はそれを見越しており、勘十郎を見失うことなく後をつけた。


萬相談所に戻ると三次が待っていた。

「いかがでした。横手陣三郎ってお侍。見た目はやけに怖そうなお人でしたけど」

興味深そうに三次に問われ、

「凄いな。化物だ」

勘十郎は言った。

「化物……」

三次は目をむいた。

「化物であったわ。まるで歯が立たなかったぞ」

「へ～え、勘さまでも勝てませんか」

「負けた、完敗だ。悔しいが大人と子供くらいの差があったな」

勘十郎は経緯を語り始めた。

横手は全身が岩のように鍛えられており、木刀で打ち据えてもびくともしなかったと話し、

「今でも手が痺れておる」

勘十郎は両の手首を見た。

「そいつはすげえや。さすがは独眼竜の御家だ」

三次も唸った。

「さて、どうしたものか」

勘十郎は呟いた。

「どうしたんです。横手一派を退治するのは諦めたんですか」

三次は言った。

「おれを見くびるなよ」

勘十郎が返すと、

「これは失礼しました」

三次はぺこりと頭を下げた。

「横手は相当な腕、配下の者も精鋭揃いだ。しかも、大いなる野心を抱いておる。南蛮との繋がりも太い……」

「こりゃ、退治するなんて無理ですよ。この百両を渋柿の旦那に返しに行きましょうか」

　三次は百両を頭上に掲げた。

「まあ待て」

「勝算があるんですか」

「ないこともない。戸浦党だ」

　勘十郎が言うと、

「戸浦党がどうしたんですよ。戸浦党だって相当に強いですよ。強い敵を二つ相手にしなけりゃいけないなんて。いくら、勘さまだって手に余りますよ。せめてどっちかにしませんか」

「そういうわけにいくか。戸浦党も横手一派も退治するって約束したんだからな」

「ですからね、渋柿さまか星野さまか、どっちかにお金を返すんですよ。どっちを退治するのがいいかっていうと……」

　三次は算段を始めた。

　ああでもないこうでもないと語りながら、

「やっぱり戸浦党を退治すべきですよ。財宝を手に入れられますからね。渋柿さまに百両を返したって、お宝が手に入れば大儲けですもの」

そうしましょうと三次は決め付けた。

「いや、二つともやっつけてやるさ」

断固として勘十郎は言った。

「ですから、そりゃ無茶ですって」

「おれ一人、いや、おまえと二人きりで立ち向かっては無理だ。それこそ犬死するだけだ」

「じゃあ、助太刀を頼むんですか。でも、星野さまはあてになりませんよ。渋柿さまだって、公儀の手を汚したくないから勘さまに頼んだんですからね。となると、牢人でも雇いますか」

「馬鹿、おれたちが牢人を雇ってどうする」

「ですよね。萬相談所の看板が泣きますよ。やっぱり、勘さま、無理ですって」

「そうでもないぞ。戸浦党と横手一派を嚙み合わせればいいのだ」

「戸浦党と横手一派を争わせるんですか……そんなことできますかね」

三次は両目を見開いた。

「できる」

自信たっぷりに勘十郎は言った。

「どうするんですよ」

「それを考える」

あっけらかんと言い、勘十郎はごろりと横になった。

「そんな……」

三次は絶句した。

そこへ、

「勘十郎さま」

と、女が入って来た。

勘十郎の許嫁(いいなずけ)であった好美(よしみ)である。

夏の盛りに合わせたかのように、白地に朝顔を描いた小袖に紅の帯を締め、楚々とした佇まいを見せていた。女にしてはすらりとした長身、目鼻立ちが整った美人であるが、口が大きいのが玉に瑕(きず)だ。

勘十郎が勘当されていなければ、今頃は勘十郎の妻となっているはずだった。好美の父、大瀬河内守昌好(おおせかわちのかみまさよし)は北町奉行を務めている。

「これは、好美さま、さあ、どうぞ」

愛想よく三次は迎え入れた。

「まあ、勘十郎さま、だらしないですね」

横になっている勘十郎を好美は批難した。勘十郎は渋々半身を起こした。

「なんだ」

あくび混じりに勘十郎は問いかけた。

「なんだはないでしょう。失礼なこと」

好美はむくれた。

「で、好美殿にあっては何か相談事でもあるのですかな」

期待せずに勘十郎は問いかけた。

「相談事ではなくて、わたくしも何かお手伝いをしたいって思って来たのですよ。もちろん、お礼なんていりませんわ」

好美は言った。

「それはありがたいが、さしあたって手伝ってもらうことなどないぞ。好美殿にお茶くみなどは頼めまい」

勘十郎が言うと、

「そうですよ」

三次もうなずく。

「お茶くみだって構いませんけど、でも、それでは屋敷にいるのと変わりませんものね」

どうやら好美は退屈しているようだ。

「好美殿、何かやりたいことでもあるのか」

勘十郎の問いかけに、

「探索」

目を輝かせながら好美は答えた。

「おいおい、またまた、そのようなことを」

勘十郎は渋ったが、

「そりゃ、お似合いですよ」

三次が乗せてしまった。

「わたくし、探索をします」

「何を」

「富士屋ですよ」

好美は言った。

「富士屋の何を探索なさる気なのだ」

　勘十郎は危ぶんだ。

「だって、怪しいじゃないですか。あのまま手鎖なんていかにも甘いわ。女の弱味につけ込んで、許せない」

　好美は憤りを示した。

「そりゃ、お気持ちはわかりますよ」

　三次が応じる。

「探索というと、どんなことをするつもりなんだ」

　勘十郎は危ぶむ。

「近々、お店が再開されるでしょう。そこへ、わたくしは入り込むの」

　安易に好美は言った。

「それは面白そうですね」

　三次がまたも乗せた。

　勘十郎は顔をしかめる。それに目ざとく気づいた好美は、

「まあ、ひどい。勘十郎さまは、わたくしをただのお転婆(てんば)だと馬鹿にしていらっしゃるのね」

好美はむくれてしまった。

「そうではない。お転婆が過ぎるとその身が危ういからだ。お父上も気が気ではないだろう」

勘十郎の言い訳めいた説得に、

「父のことを思えばなのです」

好美は表情を曇らせた。

「どういうことだ」

「父は追い詰められているのです」

「富士屋の摘発で思うような結果が得られなかったからか」

勘十郎の問いかけに好美はうなずいた。明朗快活な好美には不似合いな面持ちである。

「だが、あれはお父上のせいではなかろう」

「そうなのです。本当に理不尽なのです。富士屋九郎兵衛の悪事を明らかにできなかったのを全て父のせいにするのです。ですから、わたくしが富士屋九郎兵衛の悪事を暴き立ててやろうと思ったのです」

勝気な好美らしい考えだ。

「気持ちはわかるがな」

勘十郎が難色を示すと、

「では、勘さまがやってくださるのですか」

「それが相談事ってことになりますとね、ええっと、いくらに……」

三次が算段を始めた。

「ですから、わたくしが探索をするのです」

好美は怒りを募らせた。

「すんません」

三次はぺこりと頭を下げた。

「勘さま、よろしいですね」

強い意思を示すように好美は眦(まなじり)を決した。

「わかった」

勘十郎は受け入れた。

「まあ、うれしいわ」

好美は素直に喜びを表した。

「でもな、いかにするのだ。店が再開したところで、ただ店に行くのであれば、何も探り出せないぞ」

勘十郎が問いかけると、

「わたくしはやります」

「どんな具合にだ」

「そこは任せてください」

秘密めいたことを好美は言った。

「任せられぬな」

勘十郎が反対すると、

「ですから、勘さま……ではなく、三次」

好美は三次に目を向けた。

「あっしですか。いや、あっしでできることなら、やりますよ」

気圧（けお）されるようにして三次は了承した。

「では、くれぐれもよろしくお願いしますね」

好美は念押しをして立ち上がった。

「あ、いや、その、あっしは何をすればいいんでしょうね」

三次の問いかけに、

「それはその時になって」

好美は立ち上がった。

「なら、楽しみにしていますよ」

三次は笑顔で見送った。

好美が去ってから、

「こりゃ、面白いことになりますかね」

三次が言うと、

「ふん、困ったものだな」

勘十郎は苦虫を噛んだ。

「勘さまも好美さまは苦手ですからね」

からかう三次に、

「おまえな」

勘十郎は顔をしかめるに留めた。好美の行動が風穴(かざあな)を開けることに期待を抱いた。

六

明くる日の昼下がり、三次は日本橋にある富士屋の出店に赴いた。九郎兵衛は五十両の罰金を支払い、三日の手鎖が解けて店を再開していた。

罰せられたというのに黒の南蛮服に真紅のマントを重ね、堂々と商いをしている。棚には南蛮の品々が溢れんばかりに並べられている。ただ、以前とは違い、全ては贋物であると謳っていた。従って、値段は桁違いに安い。

三次が買った指輪と同じ物もあるが、

「ご、五百文だと……」

三次は驚きと憤りの入り混じった声を上げた。自分の指に嵌まったままの指輪と見比べ、

「五両が五百文かよ」

五両は銭にすると二万文、実に四十倍で買わされたのだ。

むかっ腹が立ち、

「九郎兵衛さんよ」

と、語調を強めて詰め寄った。

九郎兵衛は動ずるどころか、

「これは、先だってのお客さま」

と、にこやかに返し、

「今日は掘り出し物がありますよ」

などと抜け抜けと商いを仕掛けてきた。

「冗談じゃねえよ。これ」

三次は指輪を翳した。

「よくお似合いでいらっしゃるとですよ。よほど、気に入って頂けたようで今日も嵌めてご来店くださったとですか」

九郎兵衛は歓迎した。

面(つら)の皮の厚さに辟易となりながら、

「ふざけるなよ」

三次は大きな声を出した。

店内の客がこちらを見たが九郎兵衛は気にすることなく、

「何か不都合がございましたか」

けろっとして問いかけてきた。

三次は興奮を抑えながら、

「おらあな、同じ物を五両で買ったんだぞ。なんでえ、今、たった五百文で売っているじゃねえか」

「それは、仕方ありませんよ。お客さまがお買い求めの品物は南蛮渡りだったんでね、ばってん、今ここにあるのはまがい物ばっかじゃ。まがい物を五両で売ったら怒られるたいね」

抜け抜けと九郎兵衛は言った。

「よくもそんなことが言えるな。おれに売ったのだってまがい物だったんだろう」

「あの時は本物だったたい」

「あの時はって……本物だって嘘をついていただけじゃねえか」

「言いがかりはやめてくださいよ」

がんとして九郎兵衛は認めない。

こいつと話していると調子が外れてしまう。

「言いがかりじゃなくておれは正当な文句を言っているんだ」

むきになって三次は言い立てる。

「ですから文句はいけません」

「いや、文句っていうのは言葉の綾でな、おれは何も因縁をつけているんじゃなくって」

周りの目は三次を非難している。

三次は声を潜め、

「出るところへ、出たっていいんですぜ」

三次の脅し文句に動ずるどころか笑みを深め、

「どうぞ、御奉行所に訴え出たらよか。禁制品を商っていたことは、もう、刑を課せられ償いも終わってるたいね」

「そっちじゃないよ。戸浦党ですって。あっしゃね、北町の旦那と知り合いで品川にある九郎兵衛さんの屋敷での捕物騒ぎの時、神社にいたんですよ。でね、戸浦党の方々がいらっしゃるのを見たんです」

さすがに九郎兵衛の目元が引き締まった。それでも平然と、

「見たって証でもあるたいね」

「お二人、斬られましたね」

へへへと三次は笑いかけた。

「へえ、これはお見それしました。あんた、よく知っているたいね。すると、二人を斬った者と知り合い……」

「そりゃ、お強いお侍ですよ。ま、いいや。ですからね、そのご牢人とまた来ますんで、それなりの……」

最後までは言わず口止め料を寄越せと三次は匂わせた。

すると、

「ちょっと、あなた」

甲走（かんばし）った女の声が聞こえた。

好美が三次の後ろに立っている。

「なんだよ」

三次が睨むと、

「あなた、妙な言いがかりをつけて強請（ゆす）っていたのでしょう」

好美は九郎兵衛に尋ねた。九郎兵衛が答える前に、

「冗談じゃねえ。言いがかりをつけているのは姐（ねえ）さんだぜ」

三次は言い返した。

「あなた、萬相談とか言って、色んな人の知られたくないことを聞き出して強請りを

しているんでしょう」

好美は詰め寄る。

「ええっ、そ、そんなこと」

三次は後ずさった。

「帰りなさい」

厳しい声音で好美は言った。

「けっ、覚えてやがれ」

三次は富士屋から出ていった。

「助かりました。ほんと、性質の悪い男で」

九郎兵衛は何かお礼でもと店内の品を見回したが贋物しか置いていないとあって困った顔をした。

すると、

「お礼なんていりませんよ」

好美は遠慮したが、

「それではあたしの気がすみませんたい」

「では、働かせてくださいな」

好美の申し出に九郎兵衛はおやっという顔になった。

「わたくし、これで武家の娘なのです。何度も通りかかって、きれいな南蛮の品を扱ってみたいって、いつも思っていたの。ですから、お願い。給金なんていりませんから、どうか働かせてください」

興味津々の目で好美は訴えかけた。

「承知しました。そこまでおっしゃるのなら」

九郎兵衛が受け入れると、

「ありがとうございます。では、明日から参りますね」

弾んだ声で言い置き、好美は去った。


好美がいなくなったのを見計らったように三次は富士屋に戻った。

「なんだい、あんた」

胡乱な者を見る目を九郎兵衛は三次に向けた。

「へへへっ、さっきは失礼しました。実はね、あんたを強請りに来たんじゃないんですよ。狙いは戸浦党です」

にこやかに三次は語りかけた。

「戸浦党のお宝が欲しいのかね」

「戸浦党の仲間に加わりたいってお方がいるんです」

「ふ～ん」

「他でもありませんや。あんたのお屋敷で戸浦党を四人も退治した牢人さんですよ」

「なんだって！」

　さすがの九郎兵衛も驚きを隠せなかった。

「向坂勘十郎さまっておっしゃいます。天下無双の勇者でいらっしゃいますよ」

「あんたと向坂って牢人さん、面白かね。戸浦党の四人を殺しておいて、仲間に加わろうっていうんだもの」

「でも、戸浦ってお頭にはこれが一番の売り込みになるんじゃござんせんか。ご自分の配下をあっと言う間にやっつけた相手を憎むか、それとも手の内に入れるか、まあ、戸浦玄蕃ってお方の器（うつわ）が試されるわけですよ」

　三次は戸浦に話を繋ぐよう頼んだ。

　九郎兵衛もうなずき、

「よかたい。話を通すよ」

　胸を叩いて見せた。

第三話　文弱大名

一

梅雨が明け、盛夏を迎えた水無月一日の朝、蟬時雨が降りしきる中、横手陣三郎は配下の加藤から勘十郎探索の報告を受けた。加藤は勘十郎が日本橋の米屋銀杏屋の離れ座敷で萬相談所を開いていると突きとめ、近所で実際の仕事についても聞き込んできた。

「萬相談とは何だ」

横手に問われ、

「読んで字の如く、万事相談事を引き受けるそうです。それこそ、夫婦喧嘩の仲裁から野盗退治まで引き受ける相談事によって手間賃を決めておるとか」

当惑気味に加藤も返した。

「すると、わが道場にやって来たのも何者かの相談事ということか」

「それは……よくわかりませぬ」

「道場破りを頼む者など……ひょっとして、わが道場を探れと頼まれたのかもな。そして依頼主は大目付向坂播磨守……奴は向坂播磨の倅だ。勘当されたと申しておったが、実は市中にあって隠密まがいの役目を担っておるのかもしれぬ」

疑念を深めた横手は三白眼を凝らした。

「勘当されたことは間違いないようです。それゆえ、日々の糧を得ようと萬相談所を開いたのだとか」

「大目付の父親と繋がりを保っておるかどうか……」

横手は加藤に判断を求めた。

「きっと、繋がっております。公儀の犬に違いありません。近づけてはなりませんぞ」

断固として加藤は主張した。

対して横手は表情を和らげ、

「入門を許可してやったぞ」

さらりと言ってのけると、

「慎重になさった方がよろしいと存じますが」

「慎重も何も、入門を許したのだ。今更、来るなとは申せぬ」

「では、道場にて奴を始末すべきと存じます」

加藤の進言を、

「始末するのは待て。それに、その方らが束になっても勝てる相手ではないぞ」

横手が拒絶すると加藤は唇を噛んで言った。

「では、いかがされますか。道場におれば、我らの動きを見定められます。間者を城内に入れるようなものでござります」

「利用してやればよい。向坂が公儀の犬ならば、わしらの狙いを公儀に誤らせるには都合よい。偽りの動きを摑ませてやる」

横手はほくそ笑んだ。

「なるほど、さすがはお頭、よくお考えでござりますな」

加藤の賛辞に、

「当たり前だ。このまま腐れ果ててしまうつもりはない。企てが動き出すまで、武芸の鍛錬をゆめゆめ怠ってはならぬぞ」

横手が釘を刺すと、

「肝に銘じます」

「牢人ごときに後(おく)れを取るな」

横手が叱咤すると、

「御免」

と、玄関で声がした。

「またも道場破りか」

加藤は失笑を漏らした。

しかし、横手は首を左右に振ってにんまりとした。

「おお、入れ」

と、大きな声で返した。

足音が聞こえ、ごつい岩のような男が入って来た。胸まで伸びた顎鬚、巨体を唐人服で包んでいるため、三国志の英傑関羽のようだ。

「戸浦氏、よくぞ参られた」

上機嫌で横手は戸浦玄蕃を迎えた。

戸浦玄蕃は悠然と横手の前に座った。

加藤は一礼すると座を外した。

「相変わらず、壮健そうですな」

戸浦は声をかけた。

「戸浦氏も相変わらず、思う様暴れ回っておられるではないか。羨ましいぞ」

「あんなもの、暴れたうちには入らぬ。ほんの座興だ」

戸浦はがははははと笑った。

「こちらは、座興もままならぬ。精々、道場破りを相手に鬱憤を晴らすばかりだ」

不満そうに横手は鼻を鳴らした。

「貴殿が退屈を持て余しておると思ってやって来た。そろそろじゃぞ」

やおら、戸浦が持ちかけた。

「こちらはいつでもよいが、近頃公儀の目が厳しくなっておる。道場破りを騙り、探りを入れてくる者もおってな。そっちも、町奉行所の手入れが入ったようだな」

「配下の者を四人失ったが、尻尾は捕まれておらぬ」

戸浦が言うと、横手の三白眼が見開かれ、

「四人を倒したのは何者だ。町奉行所の者か、それとも大沼家中に手練がおるのか」

「町奉行所にも大沼家にもわが配下を倒せる者などおらぬ。牢人だ。向坂勘十郎と申しおった」

「向坂勘十郎だと……そいつ、道場破りにやって来たぞ。なるほど、中々の腕だった。あいつなら貴殿の配下を倒したというのはわかる。だが、どうして向坂が……」

「萬相談所なるものを開いておってな、星野修理の依頼だそうだ」

「どうして、そのことを知っておる」

「九郎兵衛を通じて向坂はわしに近づいてきた。自分を仲間に加えろとな」

戸浦はふふふと笑った。

「戸浦党を探る気だな。やはり、あいつは大目付向坂播磨の犬ということか」

横手は首を傾げた。戸浦は指で顎鬚を引っ張りながら、

「そうかもしれぬが、本人は金を稼ぎたいと申しておる。わしは向坂の武勇に興味を抱き、奴の狙いも確かめたくなってな、受け入れてやった」

「それもいいかもしれぬな。かりに、向坂が公儀の犬だったとしたら、誤った雑説を摑ませればよい。公儀を誤った方へ導けるぞ」

横手の三白眼が光った。

戸浦もうなずいた。

横手は戸浦に向き直った。

「それで……公儀の目を戸浦党と横手一派に引き付ける。ここまではよいが、具体的にどうすればよいものか」

「向坂勘十郎をうまく使う。銭金で動く男だ。金の匂いを嗅がせればよい」

戸浦は蔑みの笑みを浮かべた。

「武士の風上にも置けぬ強欲な男よ。大目付の親父から勘当されたのも、それが理由かもしれぬ」

　横手も勘十郎を金の亡者と決め込んだ。

「そんな男ゆえ、金儲けの匂いを嗅ぐとたまらず、やって来る。向坂勘十郎はおれたちの財宝を奪うために町方に協力したのだ。向坂の手下がおってな、そいつはやたら、財宝を探し回っておったらしい。九郎兵衛の屋敷に財宝はなかったと盛んにぼやきおった」

「手下か」

「ああ、三次とかいう町人だ。こいつが、萬相談所の切り盛りをしている。九郎兵衛に近づいたのも三次だ」

「そいつ、道場にも来たぞ。そうか、二人して金儲けはないかと嗅ぎ回っておるのだな。嘆かわしいことだ。まだ、公儀の犬となっておる方がましだ。いや、金で雇われ公儀の犬にもなっておるのではないか」

　横手は吐き捨てた。

「向坂め、戸浦党の財宝のおこぼれに預かろうとしておるのだ。馬鹿な奴よ。だが、馬鹿と何とかは使いようだぞ、横手氏。道場で手なずけてはどうか」

「そのつもりじゃ。向坂には横手一派がポルトガル人と親しいと思わせてやる」

「横手氏がポルトガル人ならおれは倭寇だ。共に公儀には許せない害悪だ」

戸浦は豪快に笑い飛ばした。

「妙な男が舞い込んできた。向坂勘十郎、吉兆を呼び込む者かもしれぬぞ。ふん、それはよしとして、政元公はいかにしておられる」

　横手は問いかけた。

「決起するのは、いつじゃいつじゃと、それはもう顔を合わせれば急かしてこられるぞ。文弱大名の皮を被った立派な戦国大名だ」

戸浦はうれしそうに顎髭をしごいた。

「政元公、血気盛んであるな、頼もしい限りだ……羨ましいものじゃな」

　ふと寂しげに横手は言った。

「忠宗公は文弱の徒との評判だな」

戸浦の問いかけに横手は大きくため息を吐いて返した。

「まさしく、武を捨て文を尊んでおられる。政元公とは違い、表も裏も文一筋、文弱どころか軟弱じゃ。大沼公のように公儀を偽るため、文弱の徒を装っておるのではない。根っからの武芸嫌い、覇気のかけらもない。御家を守るのに汲々としておられるわ。公儀ばかりか重臣どもの顔色も窺ってござるわ。泉下の政宗公が嘆いておられるであろう」

憚ることなく横手は主君の悪口を並べた。

「散々な言いようだな。まあ、よいわ。仙台藩伊達家六十二万石と肥前諫早藩大沼家五万五千石は違う。わが殿は鑓働きで成り上がったお父上の血を受け継いでおられる」

「忠宗公とて独眼竜の異名をとった一代の英傑政宗公のお血筋なのじゃ。それが……」

またしても横手は忠宗への不満を並べそうになったため戸浦は、「まあまあ」と制した。さすがにみっともないと自覚したのか横手は忠宗の悪口に代わって大沼政元を褒め称えた。

政元への横手の賛辞に礼を述べてから、

「それで、武具の買い付けはいつになる」

戸浦は身を乗り出した。

「三日後だ」

横手は声を潜めた。

「わかった。万全を尽くす。ところで、その時の芝居をうまくやらねばならんぞ」

「わかっておる。それこそ、向坂をうまく使ってやるぞ」

横手はうなずく。

「向坂を殺してしまうのは惜しい気がするのう」

戸浦の言葉に横手もうなずいてから、はたと手で膝を叩き、

「ならば、どうじゃ、我らの企てに加えては。大金を稼げると持ちかければ、乗ってくるぞ。うむ、とことん利用してやろう」

「そうだな」

戸浦はにんまりとした。

二

明くる二日の昼下がり、萬相談所で三次が勘十郎に、

「好美さまのお陰で九郎兵衛に近づくことができました。戸浦玄蕃も勘さまに会いたがっているそうですよ」

と、興奮して捲し立てた。

「何かうまく行き過ぎる気もするな……おれがへそ曲がりゆえ、そんな風に勘繰ってしまうのか」

勘十郎は顎を搔いた。

「勘さまは物事を悪く考える癖がありますからね」

深く考えないで三次は応じた。

「おまえは銭金の勘定には厳しいが、他は大雑把だからな」

勘十郎は鼻を鳴らした。

「こりゃ、痛いところをつかれましたな」

自分の頭を拳で叩き三次は笑った。

「果たして、戸浦、やって来るかな」

勘十郎はごろんと横になった。

するとと、

「御免くださいな」

景気のいい声と共に九郎兵衛が裏木戸に立った。戸浦玄蕃も一緒であった。今日も九郎兵衛はビロード製の南蛮合羽を重ねている。唐人服に身を包んだ戸浦は、胸まで垂れた豊かな顎鬚を風になびかせていた。

跳ねるように三次は階を下り、二人にぺこりと頭を下げた。

九郎兵衛と戸浦は階を上がり、離れ座敷で勘十郎と向き合った。三次は茶と菓子を用意しようとしたが戸浦は「いらぬ」と野太い声で拒絶した。三次はわかりましたと文机に向かった。

「向坂さま、その節はお世話になりました」

九郎兵衛はぺこりと頭を下げた。勘十郎は鷹揚にうなずき、

「戸浦氏、何か相談事か」

と、戸浦に問いかけた。

「そうだとも」

戸浦は右手を挙げた。

三次が手間賃帳を広げる前に、

「星野を斬る。手伝え」

と、横柄な態度で戸浦は頼んできた。

「構わぬが、一騎当千のあんたたちだ。おれに頼らなくても、星野なんぞ簡単に斬れるだろう」

勘十郎が返すと、

「奴を斬るだけなら我らだけで十分だ。しかし、あいつは臆病でな。藩邸に籠ったまま出て来ない。そこで、おまえに誘い出してほしいのだ。星野と奴の手下たちをな。こんな簡単な仕事に金を払ってやろうというのだ。ありがたいと感謝しろ」

とても人に頼む態度ではない様子で戸浦は言った。

「なんだ、そんなことでいいのか。拍子抜けだがいいだろう。しかし、星野たちを引っ張り出すとなると、口実がいるな」

勘十郎は思案をした。

「今度こそ戸浦党を退治するとでも申したらどうだ」

事もなげに戸浦は言った。

「それでは星野は二の足を踏むのではないか。あんたがけなしたように、星野は大変な臆病者だからな」

勘十郎はうそぶいた。

「ならば巧いことを持ちかけろ」

結局、戸浦は勘十郎に丸投げした。

するとと九郎兵衛が、

「大沼さまは台所事情がよくないと耳にしますぞ」

と、割り込んできた。

「そうであろう。大沼家はな、見栄(みえ)を張りたがるのだ。というのは、成り上がり者と蔑まれるのを嫌っておる。もとをただせば、美濃(みの)の土豪だ。太閤の出世に従って累進を重ねて大名になった。鑓一筋と言えば聞こえはよいが、成り上がりの家ゆえ、馬鹿にされまいと、飾りたがるのだ。今の殿は特にその傾向が強い。お父上が命を張り、大勢の家臣たちが血を流した末の大沼家五万五千石というに、政元公は武を軽んじ文で飾り立てようとしておられる。それこそが、泰平の世の大名であると、星野に吹き込まれてな」

顔を歪め戸浦が嘆くと、

「政元公は文弱の徒と聞いたが、その上に贅沢華美がお好みなのか」

勘十郎が問い返すと、

「贅沢華美な装いを好まれる。派手な身形(みなり)、庭造り、酒宴、くだらぬことに金をかけたがる。実に困ったものだ。殿をそんな腑抜けにしたのは星野じゃ」

我慢ならないとばかりに戸浦は怒声を発した。今まで黙っていた三次だったが、

「そういやあ、星野さま、あっしらに戸浦党の財宝は分捕り次第っておっしゃったわりには、配下の方にも財宝を狙わせていらっしゃいましたよ」

と、口を挟んだ。

その時のことが、よほど悔しかったようだ。

「そういう男よ、星野はな。どさくさに紛れて宝を狙う……実に星野らしい」

戸浦は吐き捨てた。

「それなら、戸浦党の財宝を餌にしてやるのがいいかもな」

勘十郎の考えに、

「それがいい。星野め、目を血走らせながら、財宝を取りにくる。星野は何も御家の財政を建て直すために財宝が欲しいのではない」

冷めた口調で戸浦は言った。

「どういうことだ」

勘十郎の問いに、

「決まっておろう。己が私財にするつもりなのだ。星野はな、御家の金にも手をつけておる。実に見下げ果てた男であるぞ」

戸浦が答えると、

「なんだか、海賊をやっているあんたの方が善人に思えてきたなあ」

勘十郎は笑った。

「当たり前だ。星野なんぞと比べるな。わしはな、これでも、志というものがある。星野は欲だけだ。そんな星野に牛耳られておる大沼家は腐っておるぞ！」

話しているうちに戸浦は激してきた。

「わかった、わかった。それで、どうする」

宥めながら勘十郎が問うと戸浦に代わって、

「品川のあたしのねぐらに誘い込んでくださいな」

九郎兵衛が惚けた口調で言った。すかさず三次が、

「だって、あそこは、この前町奉行所が踏み込んで大捕物になったじゃござんせんか。あっしも大いに働いたんだ……それなのに、あんなまがい物ばっかりで、とんだ無駄

足だったけど……あ、こりゃ、九郎兵衛の旦那には申し訳ござんせんね」

と、疑問と自慢、不満を混じえて九郎兵衛にぺこりと頭を下げた。九郎兵衛は笑みを深め、それはお疲れさまでしたなと三次を労ってから、

「だから、いいのではありませんか。もう、あそこには町奉行所の手が入らない。だから、安全だと……星野さまもきっと信用なさるでしょう」

「なるほど、そりゃ、もっともだ」

一転して三次は納得した。

「なら、明日にもおれが星野に誘いをかけてやる。それで、いつ九郎兵衛のねぐらに行くか決めてくる」

勘十郎は請け負った。

「頼む」

戸浦は軽く頭を下げた。

明くる三日、勘十郎は芝愛宕小路にある大沼家の上屋敷を訪れた。

番士に素性を明かし、星野への取次ぎを頼む。御家の重役の名を出され、牢人といえど門前払いにはできないと判断したようで番士は表門脇の番小屋で待つよう言った。

勘十郎は了承し、番小屋に入る。

威風堂々と六尺に余る大男が入って来たとあって、酒や博打に興じていた中間たちがそそくさと出て行った。

小上がりの板敷きに勘十郎はあぐらをかいた。待つほどもなく星野が入って来た。羽織袴の略装ながら、相変わらず着こなしに隙はない。月代や髭もきれいに剃られ、面長の顔がてかてかと光っていた。

「向坂殿、このようなむさい所では何でござる。御殿の客間に参られよ」

土間に立ったまま星野は誘ってきた。

「いや、ここで結構。牢人の身には堅苦しい座敷より、気取らぬ場の方がよい」

勘十郎は右手をひらひらと振った。

「さようでござるか」

星野にすれば徳利や湯呑み、サイコロが取り散らかった板敷きは遠慮したいのだろうが、勘十郎に促され、両手で袴の裾を持ち上げながら上がり込み、勘十郎の前に座した。

「向坂殿、わざわざのお越し、恐縮でござるな」

星野は軽く頭を下げた。表情に後ろめたさがある。

「手間賃を催促にきたのだ」

勘十郎は右手を差し出した。

目を白黒させ、

「いや、その……必ずお支払い致す。どうか、いましばらくお待ちくだされ。なにしろ、当家は台所事情がよろしくございませんのでな。まこと、よろしくないのです。昨年、領内を三度も大嵐が襲いましてな、年貢の取立てがままならず……加えて領民どもへお救い米なども出しました。上方(かみがた)の商人からの借財もござる」

言い訳を並べる星野をからかってやろうと思い、

「殿さまのありがたい漢籍を売り捌けばよいではないか」

勘十郎が言うと、

「向坂殿、ご勘弁くだされ」

大きく右手を左右に振りながら星野は許しを請うた。鷹揚に勘十郎はうなずくと、

「ま、それはいい。殿さまのお宝だ。おれだってな、何もそこまでは要求しない。それよりも、いい話を持ってきてやったぞ」

にんまりとした。

「良き話……ほほう」

星野は興味を示したものの、警戒心も抱いている。勘十郎は、誰もいないが芝居がかろうと声を潜めて告げた。

「今度こそ、戸浦党の財宝を頂くのだ」

「……なるほど、それは良い話でござるが、まことに出来申すか」

期待と疑念を交錯させながら星野は問い返した。

「戸浦党の巣窟がわかったのだ」

「まことでござるか」

星野は目をむいた。

「品川御殿山（ごてんやま）にある富士屋の屋敷だ」

「いや、そこは、町奉行所が手入れをしたでござろう」

星野は首を傾げた。

「そこが、戸浦党の狡猾なところなのだ。町奉行所の手が入ったればこそ、安全だということだ」

勘十郎の言葉に納得し、

「いかにも戸浦玄蕃らしい狡猾さでござるな。よくぞ、突き止めてくだされた。向坂殿、よしなにお願い致す」

星野は慇懃に頭を下げた。

「おい、よしなにではないぞ。おればかりじゃなく、あんたも大いに働いてもらわねばならんぞ。御家の台所を改善したいのなら、懸命になれよ」

勘十郎が言うと、

「わかっております」

畏まって星野は返事をした。

「なら、配下の者たちを引き連れてきてくれよ。戸浦党は七人ばかりか、それ以上に海賊どもがうじゃうじゃおる。財宝だって、ごっそりあるぞ。あんたらが来ないのなら、おれ一人で全部頂いていいのか」

からかうように勘十郎は言った。

「配下の者どもを引き連れて駆けつけます」

「そうこなくてはな」

勘十郎はうなずく。

「ところで、何人ほど集めればよろしゅうござるか。場合によっては藩邸に詰める者を残らず引き連れてまいります」

「あんたの手下だけでいいよ」

「わかりました。何分にも腕の方は心許ない者ばかりでござる」

媚びるように星野は頭を掻いた。

「ああ、任せておけ。まったく、殿さまが文に傾くと、こういう時には困るものだな」

歯に衣着せず、勘十郎は藩主政元の政を批判した。星野は苦い顔をする。

「大沼家は戦国の世を勝ち残った武の家風であったのであろう」

「先代の政忠公は太閤殿下の下で戦場を疾駆し、鑓働きによって御家を興された。それゆえ、武を誇る家柄でござったが、泰平の世に合わせ文を奨励するのは何ら批難されるべきではござらぬ」

むきになって星野は言い立てた。

「泰平と言っても、まだまだ江戸は戦国の気風が残っておるぞ。野盗、野伏せりの類が横行し、辻斬りが絶えぬ。夜道の一人歩きなどできたものではない。あんたは、屋敷の中に閉じ籠っていればよいが、用事で出かける家臣たちが襲われぬとも限らぬ。今からでも殿さまに武芸奨励を願い出てはどうだ」

勘十郎は言った。

「ご親切、痛み入る。折を見て、殿に進言したいと存ずる」

殊勝に星野は返したものの、口先だけだと勘十郎は確信した。

三

その頃、品川鮫洲にある大沼家下屋敷の馬場で、戸浦玄蕃と大沼讃岐守政元が会っていた。

馬場にいくつもの藁人形が並んでいる。その藁人形に向かって政元は弩を射ていた。

いく本か射てから、

「つまらぬな」

と、戸浦に放って寄越した。

「殿には物足りませぬか」

戸浦は笑った。

それには答えず、政元は小姓に強弓を持ってこさせた。三人がかりで弦を張らねばならない弓だ。よほどの膂力（りよりよく）がないと引けない。古（いにしえ）の鎮西八郎（ちんぜいはちろう）こと源為朝（みなもとのためとも）が引いていた強弓である。

片肌脱ぎとなった政元は、端整な面差しとは対照的な筋骨隆々たる上半身である。

薄っすらと汗ばみ鋭い眼光で藁人形に狙いをつけると弦に矢をかけ、引き絞った。

　矢は唸りを上げて藁人形に突き刺さる。矢の先端が藁を貫き通した。弩を遥かに凌ぐ破壊力に、

「弓はこうでなくてはならぬな」

　政元は満足の声を放った。

「この強弓を自在に操れる者は、大沼家中では殿以外にはおりませぬな」

　戸浦の言葉に政元は渋面を作り、

「まこと、腑抜けどもばかりになった。星野のせいでな。星野めは何かというと公儀の目を気にする。学問に努め、公儀の顔色を窺うのが泰平の世における大名家のあり方だとか申しおって。それでは、かえって侮られるだけじゃ。公儀からばかりではない。全国の諸侯からも文弱大名の誹りを受けるわ」

　星野への批難の言葉を並べながら着物の袖に手を通した。ごもっともでございますと賛同してから戸浦は言った。

「殿のような剛の者ならでは弓も使えましょうが、百姓どもに持たせるには弩がよいと存じます。鉄砲同様、使い手を選びませぬので」

　政元はうなずき、

「欲しいだけ弩を手に入れよ。鉄砲も数は揃えておるな」

「近々にも伊達家の横手殿より鉄砲、弾、大筒が手に入ります」

「うむ、それでよい」

政元は顔を輝かせた。

「殿、いよいよ好機到来ですぞ」

戸浦は言った。

「その前に、家中のうるさい者どもを始末せねばな。我が企ての妨げにならぬよう」

「星野らの始末なら着々と進めております」

戸浦は言った。

「あ奴らには積年の恨みがある。余を公儀の忠犬にせんとする政策ばかりを押し付けてまいったのじゃからな。今こそ、余がいかなる者か思い知らせてやる。決して、星野の傀儡なんぞではないとな」

「星野が殿を文弱の徒に仕立て上げた愚考が今回の企てにとりまして、何よりの隠れ蓑となります。まことに好都合というものでございます。災い転じてでございます」

してやったりの様子で戸浦は言った。

「星野たちの始末は任せる」

「星野らの始末をつけ次第、企てを決行する。手筈(てはず)を申せ」

決意を込め政元は双眸をかっと見開いた。

「まずは、江戸の市中に火を放ちます」

市中が混乱を極める中、政元が火消しに乗り出したと見せかけ江戸城に駆けつける。混乱に乗じて江戸城内に入る。江戸城の金蔵を押さえ、老中、若年寄連中を殺し、将軍の身を確保する。

そして、横手陣三郎が伊達藩邸に入り、藩主忠宗を閉じ込める。忠宗から伊達家の家臣たちに江戸城を守れと命じてもらう。横手一派が伊達家の家臣を引き連れ江戸城に乗り込み、政元率いる大沼勢と合流する。

江戸城の本丸は焼かず、戸浦党が集めた武器で武装する。

「将軍家という玉を握った我らに歯向かう敵はおりませぬ。とは申せ、反撃されるのを想定し、江戸城に蓄えてある金に物を言わせ、牢人どもを雇います。一万も集めれば、火の海と化した江戸、容易には反撃できませぬ。それを見て、殿は将軍家の後見職として天下に号令するのです」

「天下に号令か」

「お任せください」

政元はうっとりとなった。

が、すぐに現実に引き戻されたように目をしばたたき、

「伊達家は間違いなく立つな」

政元は言った。

「横手殿が伊達家を動かします。必ずや、忠宗公を擁し立ち上がります」

「忠宗殿は承知なのだな」

政元は念押しをした。

「忠宗公は独眼竜政宗公譲りのお血筋、戦国武者の気質を備えたお方でございます」

戸浦の言葉に政元はすっかり安堵の表情である。

「忠宗殿には悪いが、余は政宗公と共に今回の企てを起こしたかったな」

再び政元は夢見心地となった。

「忠宗公は政宗公を超えようとなさっておられます」

戸浦の言葉に、

「ほう、なるほどな。余も父を超えたいと思ってまいった。鑓一本で五万五千石の大名に成り上がった父が羨ましく、尚且つ誇りでもあった」

声を上ずらせ政元は言った。

「それは、忠宗公とて同じでござります。お父上政宗公は独眼竜の異名をとった戦国の雄、太閤殿下に膝を屈したとはいえ、広大な陸奥の半分を切り従えたお方でござります。そんな偉大なる政宗公を超えるには尋常な業績ではできませぬ。今回の企てが成就すれば、政宗公が果たせなかった夢、天下取りが実現するのです。従いまして、忠宗公は大きな野心に身を焦がしておられますぞ」

弁舌鮮やかに戸浦は述べ立てた。

「よし、楽しみじゃ」

政元は満面に笑みを広げた。

そこへ、小姓が星野殿がいらっしゃったと告げた。

「星野じゃと、追い返せ」

政元は嫌な顔をしたが、

「殿、会ってくだされ。星野の動きを探って頂きとうござります」

政元は頼まれ、よかろうと受け入れ、

「居間で待たせておけ」

と小姓に命ずると、弓を射始めた。

矢は悉く藁人形に命中した。

強弓を持ったまま政元は御殿の居間に入った。

星野が恭しく両手をついた。

「なんじゃ」

不機嫌な顔で政元は質した。

するとそれには答えず、

「殿、今日も弓の稽古でござりますか」

と、星野は苦言を呈するかのように問いかけた。

「武士が武芸の修練をするのは当然のことじゃ」

政元は顔をしかめた。

「それはそうですが、殿はいささか度が過ぎておられますぞ」

「ふん、そなた、引いてみよ」

政元は強弓を星野に投げた。

強弓は星野の前に落ちた。星野は無言で見返す。

「射てみよと申しておる」

政元は命令を繰り返した。

主命(しゅめい)を聞かないわけにはいかず、星野は弓を持って立ち上がった。

「庭に下りよ」

政元は居間を出ると広縁を横切り庭に下りた。

三十間ほど先に的がある。

三人張りの強弓など星野は持て余し気味である。小姓が矢を用意した。裃を脱いで星野は自分の背丈よりも大きな弓を左手に持ち、弦に矢をかけた。

「よく、狙いを定めよ」

政元が声をかける。

星野の顔は引き攣っている。狙いを定める以前に弦が引けない。力を込めて引こうとするのだが、とても引けない。悪戦苦闘してようやく矢を射るが、矢は的へ届くどころか、その場にぽとりと落ちてしまった。

「どうした、射かけよ」

政元は冷たく言い放った。

「は、はい」

情けない声を発し、星野は次の矢を弦にかけたが、やはり、引けない。汗みずくとなって苦闘する星野に、

「もうよい」

呆れたような声音で政元はやめさせた。

星野は肩で息をしながら政元に頭を下げた。

「ふん、軟弱よな」

政元は蔑んだ。

「情けなきことと存じますが、殿にありましてはむしろ、その豪胆さが災いを及ぼすものでござります」

星野は苦言を呈した。

「聞き飽きたぞ。要するに公儀に目をつけられると心配しておるのであろう。老中どもに尻尾を振り、学問熱心を装っておればよいとな」

「さようでござります」

臆せず星野は答えた。

「いくら泰平の世になろうがな、武士たる者、いつでも戦場に駆けつけるつもりで日々を送るのじゃ。これは余独りの考えにあらず、父上の教えでもあったわ」

政元は言い立てた。

「そのお心がけはまことに立派であると存じます。ですが、それも程度問題でござります。お父上の頃のような戦乱の世ではないのです。どうぞ、おわかりください」

諭すように星野は言葉を重ねた。

「泰平が続くと思うか。江戸には戦国の気風が漂っておる。海賊ども南蛮人どもが江戸の海を荒らしておるではないか」

政元は言った。

「なればこそ用心なされ。殿、大沼家、公儀の目が向けられておりますぞ」

声を潜め、さも大事であるかのように星野は告げた。

「埒もない。余はその方らのせいで文弱大名の誹りを受けておるのだぞ。そんな屈辱を感じておるのは、ひとえに公儀の目をくらますためであったはず。それが役に立たなかったのか」

政元は批難の目を星野に向けた。

「それが、どうも、公儀は大沼家を探索に及んでおります。と、申しますのは、近頃、大目付向坂播磨守の倅、勘十郎なる男が当家に接近しておるのです」

さも大事であるかのように星野は言い立てた。

「大目付の倅がわが家中を探っておるのか。しかし、それとても、余にやましきところがない以上、何ら臆することはない」

毅然と政元は言った。

「それはそうですが……」

星野は言葉を飲み込んだ。

「それより、かねてより申しつけておった金子千両、用立てできたであろうな」

政元は訊いた。

「近々にも……」

「そうであるか」

「しかし、千両もの金子、何に使われるのですか」

「決まっておろう。武具じゃ」

「また、そのようなことを。昨今では武具の買い入れは目立ちますぞ」

「伊達殿の名で買う」

「伊達さまの名で……そんなことが」

星野は目を白黒させた。

「心配致すな」

政元は言った。

四

「殿、どういうことでござりますか」

　星野は声を上ずらせた。

「その方、耳が遠くなったか。申した通りじゃぞ」

　さらりと政元は言ってのけた。

「伊達さまの名で武具を買って何とするのですか。御公儀は鉄砲の数は制限されておられますぞ。それくらい、大名の武装には過敏になっておられるのです。いくら、仙台伊達家といえど、無制限に武具は購入できませぬ。第一、政宗公亡き後、伊達家中は御公儀から改易の責任を問われぬようにと慎重になっておられますぞ」

　顔中を汗で光らせ星野は言い立てた。

「ふん、その点は心配ない。いつまでも、公儀の顔色ばかり窺っておってはこの世に生を受けた甲斐はない」

「お父上は武を奨励されはしましたが、お亡くなりの頃には世の趨勢(すうせい)を見極められましたぞ。遺言を忘れられましたか。この後は、文(ぶん)を以て家風となし、ゆめゆめ御公儀に楯突くでない、と……」

「忘れてはおらぬ。父は無念の言葉であったのだ。思いは武を捨ててはならぬということであったわ」

　政元は言った。

「殿、軽挙妄動は慎まねばなりませぬぞ」

　必死の形相で星野は戒めた。

「軽挙盲動などせぬ」

　政元は言った。

　星野は口ごもっていたが、

「そのことはよい。それより、台所事情、いかがした」

　政元は表情を引き締めた。

「御家を挙げての倹約、今年は領内の豊作が見込まれること、物産が大坂表で売れ行きが好調でございまして、その結果、御家の台所事情は好転しております」

　得意そうに星野は報告した。

「ところでな、御家の帳簿に穴が空いておった件、千両近い不足の調べはいかがなった」

政元は鋭い眼光を向けた。

「勘定方の算段間違いでございました」

「随分と大きな間違いではないか」

「馬鹿なことに、年貢米を売り捌いて得た収入の桁間違いをしておりました。その者、切腹して果てましてございます」

「桁違いとは、実に愚かではないか。ということは、倹約などすることはなかったということではないか」

不機嫌になって政元は返した。

「いえ、倹約は決して無駄ではありませぬ。金子が一両でも多くあるのは、当家にとりましては喜ばしいものであります」

誇らしそうに星野は言い立てた。

すると、政元は鋭い顔となり、

「昨年、領内は激しい嵐に三度も襲われ、殊の外に不作であったが、よくも年貢の取れ高が上がったものであるな」

「確かに不作ではありましたが、郡方の懸命な年貢取立てによる努力の成果でございます」

「領民どもを苦しめたということか」

政元は苦笑を漏らした。

「領民に負担は強いましたが、御家のためであったと思います」

「なるほどのう……余の耳には大きな鼠がおるということだがな。大きな鼠がせっかく取り立てた年貢米を食っておるとか」

政元はにんまりとした。

「それは……」

星野は口ごもった。

「心当たりはないのか」

政元は問いかけた。星野は額に汗をかいた。

「御家の大事な米や金子を盗み取る者がおるとしましたら、断固として追及し、処罰を致します」

星野の額が汗でにじんだ。

「しかと相違ないな」

「相違ございませぬ」

星野は言葉を強くした。

「相違ないのなら、早々に鼠を炙（あぶ）り出せ」

強い口調で政元は命じた。

「切腹致しました勘定方の役人であると思われますが」

星野は言い訳めいた物言いをした。

「誤魔化すな！」

政元が怒鳴ると星野の背筋がぴんと伸びた。

「よいか、その鼠を捕らえよ。余の財をくすねるとは謀反人であるぞ。異存あるか」

「ござりませぬ」

「ならば謀反人を探し出せ。あわせて不足分の千両の埋め合わせをせよ。帳簿上の誤魔化しでは余は得心せぬぞ」

やおら、政元は強弓を取り、矢を番（つが）えた弦を引いた。弦がぴんと張られる。

そして、狙いは星野に定められる。

「と、殿、何を……」

恐怖に顔を引き攣らせ星野は悲鳴を上げた。

「ははははは」

政元は声を放って笑った。

「拙者は鼠ではござりませぬ」

土下座をして星野は懇願した。

「よいか、不足の千両、何としても捻り出せ」

政元は弓を下げた。

「承知しました」

声を大きくして星野はそそくさと政元の前を辞した。


星野の姿がいなくなってから戸浦が現れた。

「愉快でござりました」

戸浦は楽しそうな顔で言った。

「見たか。星野の真っ青な顔。小便でもちびりそうな情けない顔であったぞ」

政元は腹を抱えて笑った。

二人はひとしきり笑い終えてから、

「これで星野は必死になって戸浦党の財宝を狙うぞ。あいつめ、千両を何としても工面しようとするだろう」

政元は言った。

「まさしく、殿の狙い通りでござりましょう」

戸浦も大きくうなずいた。

「それで、星野が頼みとする向坂勘十郎という男、星野が危惧するように公儀の犬ではなかろうな」

政元が問いかけると、

「確かに大目付の息子ではありますが、父親とは強く反発し合い、勘当の憂き目に遭っております。何より本人は武辺一辺倒の男でござります」

「ほほう、それはよい。その男、使えそうであるな」

「場合によっては我らの企てに加えてやってもよいかと思います」

「うむ、考えておこう」

政元も受け入れた。

「楽しみですな。いよいよ、星野らの始末もつけます。殿の天下取りの露払いとしとうござります。星野らが始末されれば家中で動揺する者も出ると存じます」

「鼠どもを退治するに躊躇(ためら)いなどあるまい」

と、うそぶいた。

「何よりの心強いお言葉でござります」

「それよりも、横手陣三郎に早く会わせろ」

政元は急きたてた。

「わかっております。横手氏も殿への拝謁を心から願っておりますので、しばらくお待ちください」

「それと、南蛮船の手配であるが、抜かりはないな」

政元は念押しした。

「むろんでござります」

力強く戸浦は答えた。

戸浦を頼もしげに見て政元は感慨に耽ったように言った。

「余はな、生まれるのが遅かったと思うておった」

「いかにも、殿が元亀天正の頃に元服なさっておられたなら、信長公、太閤とも互す合戦をなさったでありましょう」

戸浦の賞賛に政元は静かに首を左右に振った。

「ご不快なことを申し上げましたか」

戸浦がいぶかしむと、

「余も少し前まではそううぬぼれておった。それゆえ、泰平の世に生きることが悔しく、残念でならなかった。しかし、今は違う。今でもよい。いや、むしろ今がよいと思うようになったのじゃ」

政元は言った。

「それはどういうことでござりますか」

戸浦がいぶかしむと、

「独眼竜政宗公が亡くなり、最早戦国の雄は肥後熊本(ひごくまもと)の細川忠興(ほそかわただおき)公くらいだ。余が元亀、天正の騒乱期に成人であったなら、戦場を疾駆し、壮烈な討ち死にを遂げていたに違いない」

「いや、それは」

戸浦が意見を言おうとすると、

「今ならば、泰平に慣れきった文弱の徒が横行する今の世であればこそ余は力を発揮できるのだと思う」

冷静に語る政元に、

「殿、一段と武将としての器量が上がられましたぞ」

戸浦は目を細めた。

「世辞はよい」

政元はにべもなく言った。

「世辞ではござりませぬ。まことのことを申したのです」

「ならば、喜んで受け入れよう。だが、全ては結果だ。これからだな」

政元は表情を引き締めた。

「胸が騒ぎます」

「余もこれまでに感じたことのない、闘志が涌いてまいったぞ。藁人形ではなく本物の人に矢を射掛けてやる」

「まさしく」

「演習ではない本物の合戦にこの身を投じるのだ」

政元は爛々とした目で言った。

五

翌四日の昼、戸浦玄蕃は横手陣三郎の道場を訪ねた。炎天を物ともせず、戸浦も横手も汗一つかかない涼しげな様子だ。

奥の一室で二人は向かい合う。

「当方の企ては着々と進めておるぞ」

戸浦が言うと、

「政元公、頼もしいのお」

横手はうなずく。

「星野の奴、己が失態を何とかしようと必死だ。焦っておるぞ」

「星野一派が粉砕されれば、大沼家は政元公の下、一枚岩となることができるのお」

「それで、殿は横手氏に会いたいと仰せだ」

「それはうれしいのお。わしの方はいつでもよいぞ」

横手は応じた。

「ならば、早速、その手筈を整える」

戸浦は言った。

「面白くなってきたのお」

横手は満面に笑みを広げた。

「ところで、向坂勘十郎、道場に来ておるのか」

戸浦が問いかけると、

「ああ、来ておるぞ。あ奴、武芸達者であることは間違いない」

「どんなことをやらせておるのだ」

「道場破りの撃退をやらせておる」

横手の答えに戸浦は深くうなずき、

「なるほど、番人ということか」

「そういうことだ」

二人は笑い合った。

「とにかく、向坂といい星野といい、我らの企てにはありがたい道具になっておる。まさしく、天の時を得たようなものだ」

「戸浦氏の申す通りであるな。畏れながら政宗公が亡くなられたのも、一つの好機となっておるのやもしれん」

「そういうことだ。我には天がついておるのだ」

横手は言った。


勘十郎は道場の庭で仁王立ちをしている。

門人たちは勘十郎を恐れ、距離を置いていた。

やって来る道場破りを勘十郎に任せている。

大抵は勘十郎の一睨みか精々、一太刀手合わせをしただけですごすごと帰ってゆく。

すると門から立派な駕籠が入って来た。周囲を警護の侍が取り巻いている。侍の一人が強弓を抱えていた。

駕籠の扉が開き、身形(みなり)の立派な武士が入って来た。

「道場破りか」

勘十郎が止めると、

「なんじゃ」

武士はむっとした。

「道場破りかと訊いておるのだ」

勘十郎は迫った。

「控えよ」

男は声を大きくした。

「騒々しいな」

横手が言った。

「待てよ」

戸浦の表情が強張った。

「鬱陶しい道場破りであろう。性懲りもない者どもがおるものであるわ」

呆れたように横手は言ったのだが、

「殿だ」

戸浦は呟いた。

「なんだと」

横手がはっとなった。

「政元公、好奇心を抑えきれず、貴殿に会いに来られたようだな」

戸浦は言った。

「それはそれは」

横手は立ち上がり玄関に向かった。


「おれと手合わせをしろ」

勘十郎は男に言った。

「無礼者」

男がいきり立ったところへ横手がやって来た。

横手は男に向かって片膝をついた。

勘十郎がおやっという顔になると、

「その方が横手であるか」

鷹揚に男は問いかけた。

「讃岐守さまであられますな」

横手は問い返した。

「いかにも大沼政元である」

政元は言った。

勘十郎が、

「ほう、大沼の殿さまでいらっしゃいましたか。これは、失礼致しました」

と、さして反省もなく軽く頭を下げた。

政元は、

「その方、一見すると中々の武芸者のようじゃのう」

勘十郎に興味を示した。

「この者は、近頃入門しました牢人、向坂勘十郎でござります」

横手が言葉を添えた。

「向坂……そうか」

政元は興味深々の目をした。

勘十郎も、

「讃岐守さまのお噂も耳に致します」

「文弱の徒であるというろくな噂ではあるまい」

政元は声を上げて笑った。

「しかし、このような武張ったところへおいでとは、世評とは異なるお方なのかもしれませぬな」

勘十郎はしげしげと政元を見た。

文弱の徒という評判とは違う逞しく日に焼けた面構えである。

「面白いものを見せてやる」

政元は右手を上げた。

家臣が強弓を持って来た。

「その方、身体からしてこの弓を引くことができよう」

政元は勘十郎に強弓を渡した。

「なるほど、強弓でございますか。古の鎮西八郎為朝が引いておったのもこのような弓であったのでしょうな」

勘十郎はにんまりとした。

「うれしそうな顔をしおって。ならば、引いてみよ」

命じてからここが伊達家の武芸屋敷であることを思い出したようで、

「構わぬな」

と、横手に了解を求めた。

「是非とも」

横手は了承した。

勘十郎は弓弦を引っ張り、強度を確かめた。

「なるほど、これはよほどの膂力を要しますな」

「いかにもじゃ」

試すような目を向けてきた。

勘十郎は家臣から矢を受け取り庭に立った。

的までおよそ五十間（けん）である。

勘十郎は無造作に狙いをつけた。政元ばかりか横手も門人たちも勘十郎に視線を注いでいる。

腰を落とし、弦を引く。なるほど、これは相当な力を必要とする。生半可（なまはんか）な気持ちで引いては失態を演じる。

気持ちを引き締め勘十郎は矢を射かけた。

矢は真っ直ぐに飛び、的の図星を射た。

「やるのお」

うれしそうに政元は言った。

「見事であるな」

横手も賞賛した。

勘十郎は、

「怖れながら讃岐守さまのお手並みも拝見致しとうございます」

と、申し出た。

「よかろう」

政元も的に狙いを定める。

「てえい！」

鋭い気合いと共に矢が放たれた。

矢は一直線に飛び、的に向かった。そして、勘十郎が射た矢の羽根を切裂き図星に突き立った。

「おおっ」

門人たちから感嘆の声が上がった。

「お見事でござります」

さすがに勘十郎も腹の底から賞賛の言葉を贈らないではいられなかった。聞くと見るとでは大違いだ。大沼政元は文弱の徒とは程遠い武張った大名だ。日々、武芸の鍛錬を怠っていない。学問好き、武芸嫌いな藩主という星野の言葉は嘘だ。

星野は政元を文弱大名に仕立て、公儀の目を欺いていたのだろう。

政元は賞賛を受け入れることもなく、

「横手も射よ」

と、強弓を横手に渡した。

横手は受け取り、

「ならば、拙者、讃岐守さまや向坂と同じでは芸がございませぬゆえ、趣向を改めましょう」

と、言った。

「うむ、面白そうじゃな」

政元は喜々として言った。

横手は周囲を見回し、心静かにしばし佇んだ。微風が吹き込み、勘十郎の茶筅髷を揺らした。

つうっと、燕が庭を横切った。

「よし」

横手はうなると、矢を射かけた。

矢は唸りを上げ、燕を貫き、次いで松の幹に突き立った。

「これは見事なり」

政元は両手を打った。

「恐れ入ります」

微笑を浮かべ横手は一礼をした。

「まことの武芸者であるな」

政元は自分も入門したくなったと言い出した。

「畏れ多いことにござります」

慇懃に横手は返した。

「ならば、話など致そう」

満足そうな笑みを浮かべ政元は誘った。

六

道場内の一室に政元は入った。戸浦が待っていた。

「殿、横手殿との会見、わしが整えるまでお待ちになれなかったのですか」

批判めいた言葉とは裏腹に戸浦の表情は柔らかだ。

「まあ、よいではないか。飾らず、気取らずの対面の方がお互いの気心も知れようというものじゃ」

政元は横手を見た。

「戸浦殿より耳にしておりましたが、殿はまこと戦国の勇将でござりますな」

横手も賛辞を惜しまなかった。

「いやいやどうして、亡き政宗公の爪の垢でも煎じて飲みたいところであったぞ」

政元は言った。

「政宗公と一度、会って頂きたかったですな」

横手が言うと、

「まさしく余もお会いしたかったぞ。だが、政宗公のご意志を継ぐそなたらと政宗公が果たせなかった夢を実現しようではないか」

熱のこもった物言いで政元は言った。

「御意にござります」

横手も頬を火照（ほて）らせた。

「殿、横手殿らはまさしく一騎当千の兵でござります。どうぞ、ご安心ください」

「ようわかった。正直申して、余は確かめたかったのじゃ。横手がどれほどの武者であるのかをな」

「合格でござりますか」

横手は笑みを返した。

「十分じゃ。実に頼もしい」

手放しで政元は賛辞を贈った後、目元を引き締めて、

「それと、先立つ物であるが」

と、言った。

「では、ご覧に入れましょう」

百聞は一見にしかずだと横手は政元と戸浦の案内に立った。

三人は道場の裏手に出た。

そこには樫(かし)の大木が屹立している。その樫の裏手に蔵が建ち並んでいた。横手は入ってゆき、蔵に掛けられた南京錠を外して言った。

「ご覧くだされ」

眩(まばゆ)い輝きを放つ金の延べ板が並べられていた。

「おお、これは壮観であるな」

政元は感嘆の声を漏らした。

「あるところにはあるのですな」

戸浦も驚きの声を放った。

「奥羽は古来より、金山に恵まれております。大部分は公儀に押さえられておりますが、隠し金山もございます」

横手の説明を受け、

「そうか、なるほどのお。これだけの軍資金があれば、天下をひっくり返すのも可能ということだな。じゃが、武具はどうじゃ」

政元らしい武具への強いこだわりを示した。

「近々のうちに鉄砲五百丁、大筒五門を南蛮の商人どもより手に入れます」

横手は言った。

「よし。それと、兵であるな」

「我ら横手組二百名を国許より呼び寄せております」

横手は即答した。

「頼もしいな」

政元は満足の様子だ。

「殿には仙台伊達家六十二万石がついておりますぞ」

横手が言い添えた。

「頼りにしておるぞ」

「勿体なきお言葉」

横手は深々と頭を下げた。

「戸浦、決行は六日後であるな」

政元は戸浦に視線を向けた。

戸浦は横手と見かわしながら、

「間違いござりませぬ」

と、返事をした。

「江戸の町を焼くのは惜しい気がするが、焼き払ってから再建をした方がよき城下ができるというものじゃな」

「まさしく」

戸浦は賛同を示した。

「余は江戸城も再建するつもりじゃ。特に天守は今よりも荘厳にするぞ。ところで、仙台の城はどのような天守であるのだ。政宗公のことだ。さぞや、立派な天守を造営されたのであろうな」

期待を込めて政元は横手に尋ねた。横手は静かに首を左右に振り、

「仙台の城、すなわち青葉城(あおばじょう)には天守はございません」

と、言った。

意外な顔つきで、

「それはどうして……さては公儀の目を憚ってのことか」

政元は目をしばたたいた。

「その通りでございます。あまりにも立派な天守を造営しては謀反を疑われると重臣どもが反対したのです」

渋面で横手は言った。

「まったく、どこの家にも公儀の目を気にする臆病者がおるのじゃな」

政元は吐き捨てた。

「まったくでござります。政宗公もさぞや無念であられましたでしょう」

「ならば、政宗公が夢に描いた天守を我らで建てようではないか」

政元は却(かえ)って意気軒昂になった。

「御意」

力強く横手は答えた。

「夢は膨らみますな」

戸浦が言う。

「膨らむ夢を夢のままでは終わらせぬ。断じて終わらせぬ」

決意を強く政元は語った。

「その意気です」

戸浦は政元に向かって平伏した。

第四話　企(たくら)みの奥

一

水無月五日、茹(う)だるような暑さにもかかわらず、好美は元気一杯で九郎兵衛の店で接客に当たっている。愛想と積極さを発揮して売り込みを行っている。

「いやあ、好美さまに手伝って頂き、うちも助かります」

九郎兵衛は愛想よく頭を下げ、一休みしてくださいと店の裏手に設けられた座敷に導いた。食膳が整えてあった。

さすがに羽織っておっては暑くてかなわないと九郎兵衛はマントを脱いだ。黒の南蛮服も暑苦しそうだが、九郎兵衛は涼しい顔で言った。

「さあ、どうぞ。これはですね、金平糖(こんぺいとう)です。戦国の世には堺(さかい)や九州など、南蛮人が訪れた地では沢山（たくさん）食べられておりました。それと、これは天麩羅（てんぷら）ですな」

キスやメゴチ、鯛（たい）など江戸湾で捕れた魚を料理したのだと九郎兵衛は自慢げに言った。

「それにしても、九郎兵衛殿は商い上手ですこと」

好美は微笑んだ。

「いやあ、あたしは九州の田舎者ですたい。むしろ、商い下手（べた）で損ばかりしております」

九郎兵衛は謙遜してみせたが、

「あら、九州といえば博多の商人は昔から朝鮮半島や唐土との交易を盛んに行ってきたはずよ」

「さすがは好美さま、よくご存じですな」

見えすいた世辞を九郎兵衛はてらいもなく述べ立てた。それが世辞とわかっていても、嫌味な気がしないのは、九郎兵衛という男の根っからの商売人ぶりを示しているようだ。

「それにしても、うまいことを考えたものね」

好美はキスの天麩羅を食べた。

「何がでございますか」

素っ呆けた様子で九郎兵衛は問い返す。

「南蛮の品々を扱っているなんて、客相手には南蛮人から交易で手に入れたって吹聴しておいて、実際は日本の飾り職人や呉服屋に作らせていたんだものね。それで、荒稼ぎをして、お上にはこれは江戸で作りましたって言ったら抜け荷にはならないものね。ほんと、うまいこと考えるわ」

感心して好美は言った。

「世の中、表と裏というものがありますからな。商いも知恵を絞りませんことには、立ち行きません。それに人というものは、心の何処かに危ういものへの憧れがあるものですたい。博打にのめり込むのも、不義密通に身を焦がすのも……そしてご禁制の抜け荷品を欲しいと思うのも」

九郎兵衛はけろりと言った。

一瞬だが目がどす黒く淀んだ。背筋が寒くなるような不気味さだ。九郎兵衛という男の本性を垣間見たような気がした。人の弱味、欲望につけ入り、冷酷に儲ける九郎兵衛の凄みを思わせた。

好美はお茶を飲んで気を落ち着かせてから、

「腕のいい職人を集めているんでしょう」

「まあ、それなりですたい。手先が器用なのは職人なら当たり前ですからな」

「作っているところを見てみたいわ」

無邪気に好美はねだった。

「いや、舞台裏いうもんは見ない方がいいものですよ」

首を左右に振って九郎兵衛は断った。

「それでもいいから、見てみたいわ」

好奇心の強さを好美は示した。

「まあ、では、そのうち」

九郎兵衛は曖昧に言葉を濁した。

すると、手代がやって来て九郎兵衛に耳打ちをした。

「ごゆっくり、召し上がってください」

九郎兵衛は立ち上がった。

「美味しいわ」

好美は天麩羅を次々と味わった。

九郎兵衛は隣室に入った。どうやら上客がやって来たようだ。好美は腰を上げ、襖に耳を押し付けた。

「ようこそいらっしゃいましたな。どげんですか」

九郎兵衛の声が聞こえた。

風通しをよくするためか襖は隙間が開いている。好美は隙間から覗き見た。九郎兵衛の相手は値の張りそうな身形をした町人である。町人と九郎兵衛の間には金銀細工の南蛮の品々が並べてあった。九郎兵衛の口車に乗って三次が買わされた指輪や冠、マント、首飾り、腕輪など五品である。

町奉行所の摘発以前はいずれも五両から十両という値で店売りがされていた品々だ。摘発後は日本製であるということで、贋物として売られているため、百文から五百文、江戸市中で売られている小間物よりも安いくらいだ。

好美はそれらの品々を売っていたため値段を覚えている。五品で千五百文といったところだ。千五百文の品を買い上げる者を上客扱いしなければならないほど、九郎兵衛は落ちぶれたということか。

それに、富士屋が贋の南蛮物を扱っているのは世間周知のことだ。従って、贋物と承知で面白がって買い求める客ばかりである。とはいえ、贋物は贋物、値段からしても粗製乱造の品々ゆえ大店（おおだな）の商人といった分限者（ぶげんしゃ）や武家の妻女などは出入りしない。

ところが、今、九郎兵衛の前にいる男は絹の着物を身に着けたかなりの裕福さを窺わせる。九郎兵衛自ら接客に当たっていることも上客であることを窺わせる。

「これらの品を選ばれるとは、よき趣味ですたいね」

九郎兵衛はにこにことした。

相手は、

「それで、おいくらですか」

と、値を問いかけた。

値ならはっきりしているではないかと好美は疑問を抱いた。店で値札付きで並べているのだ。

ところが、

「まあ、これが百両ですわな」

九郎兵衛は指輪を手に取った。

三次が未だに指から外せないで苦労しているガラクタだ。三次は騙されて買わされた。それでも十両の特値五両という触れ込みで購入したのである。

それが百両とは……。

「なら、これは」

といって冠を手に取った。

店ではそれが最も高値で五百文であった。摘発される以前には五十両で売っていた。

「千両ですたい」

当然のように九郎兵衛は言った。

「う〜ん」

相手は唸った。

「千両ですって……」

思わず口に出してしまって好美は慌てて口を手で覆った。聞かれたかと屈み込んだが、幸い商談に夢中になっている九郎兵衛と客の耳には届かなかった。

五百文の品を千両で売るとは図々しいという段階ではない。

するると、あれは本物なのであろうか。つまり、江戸で日本人の職人たちにこさえさせている贋物ではないということか。摘発前はまがい物を本物と見せかけて売っていたが、この上客に本物を売っているのであろうか。

いや、そんなことはない。

実際、同じ品物を好美は五百文で売った。

店には本物とまがい物があるということか。しかし、区別はつかない。自分は目が肥えていると自負している。これまで、骨董の類で父が贋物をつかまされそうになった時にそれを防いできたのだ。

もちろん、南蛮の品に馴染みはないが、手に取って材質や作りを見れば安物であるとわかった。

今、九郎兵衛が相手に勧めている王冠は好美も何度も手に取った。何しろ、人気の品である。

「間違いないわ」

九郎兵衛と分限者風の間に並べられた品々は正真正銘の贋物だ。妙な言い方であるが、それが真実である、と好美は確信した。

すると、

「さあ、手に取って見るたい」

気さくな調子で九郎兵衛は言い、無造作に王冠を取ると相手の頭に乗せた。王冠を被った相手は戸惑った様子であったが、

「これは、お似合いたいね」

九郎兵衛が誉めそやし手鏡を向けると、鏡に映る自分を覗き込み満更でもない様子

でうなずき、

「わかりました」

と、返事をした。

「ありがとうございます」

満面の笑みで九郎兵衛は答える。

「ただ、多少はまけてくれ」

相手に値切られ、

「では……」

九郎兵衛は五品で二千両を千八百両で受けた。

相手はニコニコ顔である。

「では、早速金を届けますよ」

「ありがとうございます。品は今夜中にお届けします」

九郎兵衛は言った。

「頼みます」

相手は満面の笑みで立ち上がった。

が、王冠を被っていることに気づき、

「ああ、これは、お返しします」

と、頭から王冠を外し九郎兵衛に手渡そうとした。

それを、

「何でしたら、持って帰ってください。王冠だけじゃなく、他の品々もよかたい」

九郎兵衛は勧めた。

何を言っているのだ、今夜、届けると九郎兵衛は言ったばかりではないか。

「いや、こんなまがい物、いりませんぞ」

相手はすげなく断った。

そうか……。

本物、つまり、正真正銘の南蛮の品、抜け荷品を持っているのだ。九郎兵衛はポルトガルと抜け荷を、もしくは戸浦党からポルトガルの品を入手しているのだ。

店に置いてある品々は贋物、それらはさしずめ見本であろう。それで、特別な客にだけ、本物を融通するのである。

富士屋九郎兵衛、一筋縄ではいかない商売人だ。町奉行所の摘発も、ひょっとしてわざと仕向けたのかもしれない。

二

分限者が帰ってから少し間を置いて、好美は縁側に出た。

九郎兵衛が出て来た。

「とっても美味しかったわ」

好美が礼を言うと、

「それはようございました」

九郎兵衛は満面の笑みを浮かべた。

「いい商いができたの」

さりげなく好美は問いかけた。

「ええ、まあ、太か商いができたとですよ」

九郎兵衛は言った。

「さすが九郎兵衛さんは商い上手ね。それで、南蛮の品々をこさえている現場を見る件、どうかしら」

好美は積極果敢に願い出た。

「まあ、そのうち」

　曖昧に誤魔化そうとした九郎兵衛を、

「思い立ったら吉日、今日はどうかしら」

「でも、少々離れておりますたい」

　九郎兵衛は躊躇ったが、

「平気です」

　断固として好美は主張した。

「そうですか」

　九郎兵衛は迷う風だ。

「父にも現場を見たって、言いたいわ」

　好美は言った。

　九郎兵衛は贋物製作の現場を好美に見せることで、町奉行をより一層欺けると算段してくれないかと好美は祈った。

「わたくしはね、町人を楽しませる富士屋のようなお店、特に女を喜ばせてくれるお店って、貴重だと思うの。そうした女の喜びって、父のような役人にはわからないものの。だから、わたくしが教えてやらなければと思ってお手伝いをしているんだものね」

好美は言葉を尽くした。

「そうですな」

九郎兵衛は思案している。

「それとも、何かやましいことがあるのかしらね」

わざとらしく好美は言った。それから九郎兵衛を横目に、

「もう、帰ろうかしらね」

と歩き出そうとした。

それを九郎兵衛を引き止め、

「わかりました。お連れしますよ」

と、やっとのことで承知した。

「わあ、うれしいわ」

好美ははしゃいで見せた。


九郎兵衛は自分と好美のために駕籠を仕立て品川の屋敷にやって来た。

「品川って、何となくのんびりとしているわね。宿場だからそれなりに賑わってはい

るけれど。ま、それはいいけど、なんだか、薄気味悪いわね」

好美は言った。

「元はお寺だったのを修繕した急ごしらえでございますのでな。愛想がないのは許してもらいたいと存じますよ」

などと言いながら九郎兵衛は寺院の奥へと導いてゆく。屋敷の真ん中あたりに長屋が建っている。職人たちの住まいだと九郎兵衛は教えてくれた。

長屋の先に板葺き屋根の大きな建物があった。

近づくと、金槌の音が聞こえてきた。

「ご免たいね」

大きな声をかけ九郎兵衛は板戸を開いて中に入った。好美も続く。

中には大勢の男たちがいた。

飾り職人、染め物屋、鼈甲（べっこう）職人などが各々の技を競っていた。

「へ～え、ここで色んな南蛮の品が作られているのね」

好美は見回した。

「どうぞ、何かご興味のあることを、職人たちの話をお訊きになってはいかがですか」

九郎兵衛に勧められ好美は職人たちの周りを回った。好美らしく、訊き辛いこともずけずけと確かめる。

「手間賃はいいの」

などという下世話な話も職人に問いかけた。腕次第だが、みな、いい稼ぎをしている。また、江戸以外の土地からやって来たのだそうだ。出身はというと九州とか上方とか言って語りたがらない。

すると九郎兵衛が、

「みんな、言うに言えない事情があるたい。博打で借金をこさえたり、女房に追い出されたり、それからこれは大きな声じゃ言えませんがね、人こそ殺してはいないが手が後ろに回るようなことをしでかしたり、と。まあ、腕はいいが地元にいられなくなった者たちたいね」

「まあ、そうなんだ」

好美が応じると、

「お父上さまには内緒にしてくださいね」

へへへと九郎兵衛は両手をこすり合わせた。

「わかっているわ」

好美は請け負った。

「まあ、みんな腕はいいですからね、いい仕事をしてくれますすたい」

「ところで、まがい物をこさえるにはお手本がいるでしょう」

言外に本物があるはずだという意味を好美は込めた。

「お手本は絵ですすたい」

さらりと九郎兵衛は言ってのけた。それでも言葉足らずと思ったのか、

「みな、腕のいい職人ですからね、一度こさえれば、あとは腕が覚えているもんですすたい」

と、言い添えた。

「ほんと、見事なものね」

好美は首飾りを手に取った。

「みんな、手間賃を稼いでね、独立する者、国許に帰るのを望む者、様々ですすたい」

九郎兵衛はしみじみと言った。

この屋敷の何処かに本物が、抜け荷の品があるに違いない。

しかし、探し回ることはできない。せいぜい自分の役目はここまでだろう。あとは勘十郎に任せよう。

ふと、

「町奉行所の手入れがあった時、この人たちはいたの」

という疑問を好美は投げかけた。

「ですから、みな、脛（すね）に傷を負った者たちですんでね、当然捕まるわけにはいきませんでね」

九郎兵衛は答えをはぐらかした。

それはもっともなのだが、何処かに隠れるところがあるのだろう。すると、そこに抜け荷品があるという可能性が高い。

「好美さま、よろしいですかな」

念押しするように九郎兵衛に問われ、

「とっても興味深かったですわ」

好美は屋敷を後にした。


萬相談所に好美は立ち寄った。

「勘さまは出かけていらっしゃるんですよ」

三次は言った。

「今ね、富士屋へ行ってきたのよ」

好美は興奮を抑えながら富士屋から品川の屋敷に至った経緯を語った。

「うまいことやってやがるんですね、九郎兵衛は。こりゃ、相当な男だ」

三次も感心した。

「だからね、品川の屋敷をもう一度調べるべきね。きっと、抜け荷品があるんだから」

好美は強く主張した。

「そうですよね。こりゃ、好美さま、お手柄ですよ。勘さまに探索しましょうって言っておきますよ」

三次は請け負った。

「お願いね」

念押しをした好美に、

「好美さま、本当はご自分も一緒に暴れたいんじゃありませんか」

三次は問いかけた。

「そうに決まっているでしょう」

好美は言った。

「でも、それくらいにしといた方がいいですよ」

三次はさすがに諌めた。

「でもね、九郎兵衛のあくどい商いを目の当たりにしたら、血が騒ぐわよ」

好美は目の前で取引された抜け荷品の巨額取引について熱っぽく語った。

「世の中、あるところにはあるんですね。ほんと、羨ましい限りですよ。それにしても、九郎兵衛って男、相当にしたたかですね。だから、好美さま、これ以上は関わりにならない方がいいですって」

三次は強い口調で言い立てた。

「わかったわ」

承知したものの好美はいかにも名残り惜しげである。

すると三次が、

「五品で千八百両ってことはこりゃ、気の遠くなるようなお宝があるってわけですよ。あっしのリングも本物だったら」

恨めしそうに三次はまだ抜けない指輪を眺めた。

「ほんと、ミョウチキリンね」

好美は笑った。

「他人事ですからいいですけどね、みっともねえったらありませんよ。湯屋へ行ったら変な目で見られるし。いつまでも指にくっついていたんじゃ、変な気持ちですしね」

言いながら三次は指輪を外そうとした。しかし、

「駄目か」

と、顔をしかめる。

「いっそ、指を切ったら」

好美が言うと、

「勘さまと同じことをおっしゃいますね。勘弁してくださいよ」

三次は右手を左右に振った。

三

夕刻、勘十郎は相談所に戻って来た。

暑気払いになると三次が離れ座敷の軒先に風鈴を吊っている。昼間は気にも留めないが、夕風に鳴る風鈴は涼を運んでくれる。

三次から好美の探索について報告を受けた。

「好美殿、中々やるではないか。そうか、やはり、あの寺院だな。ならば、星野たちと踏み込み、寺院内も徹底して探してやるか。おそらくは、星野たちもそれこそ血眼になって探し求めるだろうからな」

勘十郎は顎をかいた。

「あっしに任せてくださいよ」

三次が言った。

「そうだ、三次が一番長けておるのかもしれんぞ」

勘十郎は認めた。

「九郎兵衛の奴、想像以上に狡猾だ。気になるのは奴が戸浦と組んで何をやろうとしておるのか、ということだ」

勘十郎は疑問を呈した。

「そりゃ、大儲けをしようとしているんじゃありませんか。大沼の殿さまが天下を取れば、思う様、南蛮交易ができますからね」

三次が疑問もなく答えた。

「そうかなあ」

勘十郎が納得しない態度を示すと、

「そうでしょう。南蛮の抜け荷の売り捌き方の手口を見ていても、大変な商売上手ですよ。本当にずる賢いやり方ですぜ。そんな狡猾な男なら大沼の殿さまが天下を取ればそれこそ、天下一の商人になれますぜ」

「天下一の商人な。戦国の世の堺の商人や家康公の信頼を得た茶屋四郎次郎のような存在になるということか」

勘十郎は問い返した。

「そういうこってすよ」

自信満々に三次は胸を張った。

「天下一の商人……そんなことを思っておるのかなあ。算盤勘定に長けた九郎兵衛だぞ、高々五万五千石の大名に過ぎない大沼讃岐守が天下を取るなどという夢物語に加担するものだろうかな」

納得できないと勘十郎は疑問を繰り返した。

「そりゃ、大きな賭けかもしれませんがね。大きく儲けようと思ったら危ういのを承知で賭けに出るもんじゃござんせんかね」

「なら訊くが、おまえ大沼や戸浦たちが天下を奪えると思うか」

「そりゃ……まあ、その、大胆な企てだって思いますがね。勘さまはどう思われますか」

　答えられず三次は勘十郎を頼った。

「考えるまでもない。無理に決まっておる。夢物語にもならぬ」

　勘十郎は右手をひらひらと振った。

「そうですかね」

「当たり前だろう。もう一度言うが、大沼家は五万五千石だぞ。いくら、鉄砲や大筒を沢山揃えたところで、徳川の世をひっくり返せるはずはない。一時、江戸城を乗っ取ったとしても、大軍で攻められれば持ち堪えられるものか。軍略を知らぬ者にでもわかる」

「それを言っては身も蓋もありませんがね。あっしゃ、軍略も兵法もからっきしわかりませんが、伊達六十二万石が後ろ盾になったら、やり方によっちゃあいいところまでいくんじゃござんせんかね」

「いいところかどうかはともかく、せいぜい江戸で大火事を起こすところまではいくだろう。それから、江戸城を奪うのが関の山だ。伊達家が後ろ盾になるのではなく、横手陣三郎一派が味方になるのだ。その数、せいぜい二百だ。大沼家は藩邸におる者に加えて国許から呼び寄せたとしても、千から千五百、牢人や海賊どもを金でかき集めるとして、横手たちを入れてもせいぜい二千だ。二千で公儀に立ち向かえるものか」

勘十郎はまくし立てた。

「でも、江戸を火の海にした混乱をついて江戸城に乗り込めば勝機はあるんじゃござんせんか。公方さまを取り込むとか御用金を奪うとか」

「将軍家をさらうつもりのようだが。江戸城には一万の兵がおる。泰平ゆえ、具足に身を固めた軍勢ではないが、将軍家を守る一万の侍たちがおるのだぞ」

「そうかもしれませんが、あれですよ、ええっと、その、孫子（そんし）の兵法っていうんですかね。それこそ、凄い軍略を立てていらっしゃるんじゃござんせんかね」

「そんな軍略などあるものか」

「戸浦さんは何ておっしゃっているんですか」

「桶狭間（おけはざま）を引き合いに出しておる」

「桶狭間っていいますと、織田信長公が今川義元（いまがわよしもと）を破った合戦ですよね。織田は二千、今川は四万五千の大軍だったんですよ」

「今川が四万五千というのはいささか誇張だが、大軍相手に信長公が勝利を収めたのは間違いない。それゆえ、二千の兵でも一時的に江戸城を占拠できるかもしれん。だがな、それは、野盗が商家を乗っ取ったようなものだ。公儀は体制を整え、大軍をもって大沼の兵を囲み、殲滅（せんめつ）する」

「なるほど、そんなものですか」

三次もうなずく。

「そんなものだ。おれにだってそのくらいに見通しはできる。利に聡（さと）い九郎兵衛にそれがわからぬはずはない」

勘十郎は九郎兵衛に話を戻した。

「そう言われればそうですが」

三次の言葉もしぼんでゆく。

「大沼讃岐守政元が戦国の武将に憧れ、そんな無謀な企てに乗るのはわかる。しかし、利に聡い九郎兵衛がそんな話に加担するのはどうも腑（ふ）に落ちぬ」

勘十郎はごろんと横になった。

「もう、稼ぐだけ稼いだってことじゃありませんかね」

三次は言った。

「そんな甘い男ではないぞ。好美殿の話を聞いてみても、相当に周到な男だ。それが、失敗を承知した上で企てに乗るわけはなんだ」

「勘さま、こだわりますね」

「おまえは日頃の算段は細かいくせに、肝心なことになると大雑把(おおざっぱ)だな」

「勘さまは逆ですね」

　三次は言った。

「ま、そういうことだ」

　勘十郎は夜まで眠ろうと思ったが、どうにも気になって眠気が襲ってこない。

「でもあれですね。天下を取るなんて、考えたことありますか」

　改まって三次が問いかける。

「考えるわけないではないか」

　あくび混じりに勘十郎は答えた。

「そうですよね。あっしだってありませんよ。まあ、当たり前の話ですからね。でも、天下を取ったら気分がいいんでしょうね」

「そりゃいいだろうが、すぐに飽きるさ。天下取っても寝るのは畳一畳もあればいいからな。太閤秀吉だって、百畳の畳で寝られたわけじゃない」

　達観めいた物言いを勘十郎はした。

「そりゃ、そうですね。将軍さまになってでっかいお城に住んでいたって、寝る時は一畳か。なんか、そんな風に考えると気が楽になってきますよ」

三次は言った。

「大沼政元、戸浦玄蕃、横手陣三郎、それに富士屋九郎兵衛、欲と夢に身を焦がす者どもだな。奴らの夢を打ち砕くおれの夢は何だろうな」

ふと勘十郎は呟くように言った。

「夢ですか……」

三次も腕を組んで思案を始めた。

「おまえの夢は何だ」

腕を解き首を傾げながら三次は答えた。

「ええっと……美味い物食べて、上等の酒を飲んで、ふるいつきたくなるようないい女と深い仲になるってことですかね」

「なるほど、それは大望だな。おまえは大物だ」

勘十郎は笑った。

「それほどでもござんせんがね」

三次は頭を掻いた。

「おまえは幸せ者だな」

勘十郎は笑った。

「勘さまには負けますよ」

「ふん、ほざけ。ともかく、今夜、まずは夢の一歩への加担だな」

勘十郎は表情を引き締めた。

「心します」

三次は答えた。

四

六日の夜、勘十郎と三次は星野たちと品川にある九郎兵衛の屋敷の前に集まった。

星野は二十人余りの配下を従えている。みな、額に鉢金（はちがね）を施し襷掛け、裁着け袴を穿いていた。鑓を手にする者、弓を持っている者もいる。

勘十郎を見ると星野は近づいて来て、

「くれぐれもよろしくお願いしたい」

と、手を握らんばかりに頼んだ。

「おれにばかり頼るなよ。でないと、おまえたちの命が危ういぞ」

ぴしゃりと勘十郎は言った。

「わ、わかっております」

緊張を帯びて星野は返事をした。

「よし、行くぞ」

勘十郎は山門を潜った。

三次が、一行から外れて境内の探索に向かった。

境内の中にある長屋へと向かう。星野たちは勘十郎に続いてぞろぞろとついて来る。

森閑とした境内は野鳥の囀り（さえずり）と波の音が響いている。

作業場となっている板葺き屋根の大きな建家が闇の中に陰影を刻んでいた。

作業場の前の平地には篝火（かがりび）が焚かれ、作業場からも灯りが漏れている。夜を徹して仕事をしているようだ。

「向坂殿、いかになさりますか」

星野が問いかけてきた。

「ちょっと、黙っていろ。今、考えておるのだ」

苛立ちを示し勘十郎は言った。

「申し訳ござらん」

星野は口を閉ざした。

三次は長屋の側にやって来た。

そっと足音を忍ばせ、長屋に近づく。耳をそばだて人の気配を感じ取った。

確かに人がいる。

耳をすませると日本の言葉ではない。声が大きくなった。三次は松の木陰に身を隠した。数人の男が長屋から出て来た。

唐人服を身にまとい、頭は女真族を示す辮髪である。間違いない。戸浦党はここにいる。

三次は足音を忍ばせ勘十郎の下に急いだ。

三次が戻って来た。

「勘さま、間違いありませんぜ。長屋には唐土の男たちがいますよ」

勘十郎はうなずき、

「作業場にいるのは、好美殿が話しておった職人たちだな」

「おそらくは」

三次が賛同したところで、

「どうしたのでござる」

星野が身を乗り出してきた。

勘十郎が、

「あの建物の中は職人たちが仕事をしておる」

「職人と申されると」

星野は首を傾げた。

これには勘十郎ではなく三次が答えた。

「あそこにはね、富士屋で雇っている職人たちが仕事をしているんですよ。腕のいい職人たちばっかりでしてね、南蛮渡来の品々の修繕なんかやっているんですよ」

「先だって町奉行所が踏み込んだ時に摘発した品々はまがい物ばかりだったと耳に致したが……」

星野は首を傾げる。

「戸浦党が無理やり奪ったんですぜ。中には壊れてしまった品もあるんです。全く壊れてしまっては売れませんけど、修復して売れるもんなら売るんです」

もっともらしい口調で三次は言い立てる。

「なるほど、まがい物ではないということだな」

星野は納得した。

「ですからね、あの中にはごっそりと南蛮渡来の品々がありますぜ」

三次の言葉に星野は深くうなずいた。

三次は続けた。

「それで、長屋にはですよ、倭寇崩れの海賊どもがうじゃうじゃといますぜ」

「戸浦玄蕃もおるのか」

「確かめていませんがね、いるんじゃないかって思いますよ」

三次はしれっと答えた。

「ならば、我らは長屋に向かうべきであるな」

配下の者に星野は語りかけた。みな、表情を引き締めた。戸浦党の並外れた強さをみな思い、怖れをなすのを必死で堪えている。

「そうなさったら、いかがですか。あっしらは、作業場の方に参りますんでね」

三次は言った。

「あ、いや、それは」

星野はすがるような目を勘十郎に向けた。

「やはり、二手に分かれて同時に襲わねばならんぞ。どっちか一方では、感づかれて逃げられるからな」

勘十郎が答えると、

「違いありませんよ」

三次は強く賛同した。

「そ、それもそうですな」

星野はうなずいた。

「貴殿ら戸浦党退治が役目だろう。なら、長屋に向かったらどうだ」

勘十郎は言った。

「はあ……そうですな」

星野はうなずく。配下の者たちも口を閉ざした。

すると、

「よい。戸浦党は引き受けた。貴殿らは作業場に向かえ。但し、職人どもは富士屋九郎兵衛に拉致されてきた哀れな者どもだ。命を奪ってはやるなよ」

勘十郎は釘を刺した。

星野は顔を輝かせ、

「承知致した」

と、請け負った。

「なら、勘さま、行きますか」

三次に言われ、

「海賊退治だ」

気合いを入れるように勘十郎は十文字鑓をぶるんぶるんと頭上で振るった。


勘十郎は三次の案内で長屋に向かった。

「星野さんたち、作業場にある品々がまがい物じゃなくって本物だって思ったでしょうね。こっちは、戸浦党の奴らをとっ捕まえて、本物の在り処を聞き出して……へへへ」

三次は捕らぬ狸の皮算用を始めた。

「長屋には戸浦党もいるのだろうな」

「いや、好美さまのお話じゃあ、今夜は海賊行為に出かけるそうですからね。鬼のいぬ間に何とやらですよ」

三次は言った。

「なら、唐人ばかりということか」

勘十郎が首を捻る。

「そうでしょうね」

三次はこくりとうなずく。

「では、言葉はどうするのだ。財宝の在り処を聞き出そうにも、言葉が通じなければしょうがないぞ」

勘十郎が指摘すると、

「ああ、そうか」

三次は顔をしかめた。

「馬鹿」

勘十郎は冷笑を放った。

しかし、そんなことではへこたれないのが三次で、

「なに、大丈夫ですよ。身振り手振りで何とかなりますって。南蛮人みたいに金色の髪や青い目じゃないですからね」

いかにも楽観的な考えを三次は示し、歩き出した。

「ま、いいだろう」

愚図愚図考えていても仕方がないと勘十郎も歩を速めた。

長屋の前で煙草を喫していた二人の唐人に三次が近づいた。いきなり、脅してはよくないと勘十郎は控えている。

「今晩は」

三次はにこやかに問いかけた。

二人はきょとんとした顔で三次に向いた。

「あの、あっしら、戸浦さんに頼まれた」

身振り手振りで三次は話しかけた。

唐人たちは顔を見合わせていたが、首を捻るばかりで、要領を得ない。

「とうら」

口を大きくして三次が語りかけると、

「とうら」

どうやら戸浦の名前は理解できたようだ。それに気をよくした三次は、

「おたから」

と言ったが、唐人たちには理解できない。そこで三次はしゃがみ込んだ。唐人たち

も屈む。

篝火に照らされた地べたに、

「宝」

と、三次は指で書いた。唐人たちはうなずく。

「何処」

と、続けて書く。

唐人たちは首を捻ったままだ。

「こりゃ、あっしらで探した方が早いですね」

と三次は立ち上がり、勘十郎に語りかけた。

「そうかもな」

勘十郎もうなずいた。

三次は長屋の周りを見回した。

「とうらの家」

と、戸浦を繰り返した。

すると唐人が指差した。指先を追うと、鳥居があった。

「行きましょう」

三次は意気込んだ。

五

星野は配下に向かい、

「よいか、向坂はああ申したが、かまわん。職人どもの命を奪うぞ」

と言うと、反対の声が上がらなかった。みな、欲で目を血走らせている。

「職人どもの口を塞がねば不都合じゃからな。それに、いずれも九郎兵衛に連れてこられた他国者、素性の知れぬ連中じゃ。殺されたとて探索などされぬ」

言い訳でもするように星野は言い添えると、

「よし、行くぞ……なに、敵は職人どもじゃ。何ら恐れることはない。手っ取り早く始末をし、手当たり次第に品々をかっさらい、早々に引き上げる」

と、続けた。

配下から、勘十郎と三次を待たなくてもいいのかという懸念の声が上がった。

「構わぬ。向坂が戸浦たちと争っている間にここから出ればよいのだ。向坂が生きておれば、手間賃をやればよい」

星野は薄笑いを浮かべた。

星野は配下を先頭に立て、作業場に入った。十人ばかりの職人たちが一斉に星野たちを見た。

みな呆(ほう)けた顔だ。

「まこと、忍びないがその方ら、死んでもらうぞ」

星野は言うと配下に目配せをした。みな、罪もない職人たちを手にかけるとあって躊躇いを示したが、

「やれ！」

星野にきつく命令され、

「やあ」

一人が自棄(やけ)になったように鑓を手に職人たちに突進した。

「往生せよ」

せめてもの供養だとばかりに星野は経文を唱えた。

が、

「うええ」

悲鳴と血飛沫(ちしぶき)を上げたのは配下の者であった。

「な、なんじゃ」

星野は驚きの目をした。

配下の者も浮き足立つ。すると、職人たちは悠然と立ち上がった。半纏を着ているものの、そして、刃を向けられているが恐怖におののくどころか余裕の笑みすら浮かべている。

一人を倒した職人は手に脇差(わきざし)を持っていた。刀身が血に染まっている。

「貴様ら……」

星野の声は裏返った。

職人たちは脇差、匕首、鑿(のみ)を武器に星野たちに襲いかかった。武器では圧倒的に有利な星野たちであったが、揃って恐怖で足がすくみ、わなわなと全身が震えている。

無惨な殺戮が繰り広げられた。

星野たちは成す術(すべ)もなく、斬られ、刺され、断末魔の叫びと共に命を奪われていった。ほとんど時を経ずして、立っているのは星野だけである。

「ゆ、許してくれ」

抜き放った大刀を星野は床に放り投げた。

そんな星野を職人たちは無言で囲む。

「た、頼む……命だけは助けてくれ」

星野は土下座をした。

形振(なり)り構わず、卑怯未練に命乞いをする星野を職人たちは無言で見下ろす。

不気味な雰囲気を感じ取り、星野は顔を上げ、みなを見回して命乞いの言葉を続けた。

「頼む、悪いようにはせぬ。そなたら、国許を離れて九郎兵衛に連れてこられたのであろう。大沼家が国許に返してやるぞ。そればかりではない。路銀も渡そうではないか」

必死の形相となって星野は訴えかけるのだが、誰もが無反応だ。

「なあ、頼む」

それでも訴えると、

「無駄だぞ」

という声が聞こえた。

はっとなって星野が声の主(ぬし)を探す。職人たちの輪が開き、一人の男が歩いて来た。

「戸浦……」

星野は立ち上がった。

「今ここにいるこの者たちはな、日本の職人たちではなく、唐人だ。言葉は通じぬぞ。従って貴様がどんなうまい話を持ちかけようとわからぬわ」

戸浦は愉快そうに笑った。

「戸浦、貴様、海賊などして恥ずかしいとは思わぬのか」

唇を震わせ、星野は訴えかけた。

「その海賊の財宝を奪うことは恥ずかしくはないのか」

戸浦はせせら笑った。

「おのれ」

星野は怒りの眼差しをした。

「覚悟をしろ」

戸浦は言った。

「貴様」

星野はわなわなと震えた。

「星野、貴様は御家の公金に手をつけた。しかも許せぬことに、その罪を勘定方に押し付けた。実に卑怯なる男」

「黙れ、御家を離れた不忠者に責められる謂れはない」

全身を震わせ星野は喚き立てた。

「不忠者はそなたじゃ。殿はな、そなたの不忠をよくご存じゃ。じゃによって、わしに成敗をお許しになった」

轟然と戸浦は言った。

「殿が……海賊に身を落とした貴様の申しようなんぞ、殿はお聞きにはならぬ」

星野は言い放った。

「海賊は方便だ」

「嘘も言いようじゃな」

「方便と申したは殿の夢を実現をさせるための行為である」

戸浦は言った。

「なんじゃと」

星野は目をむいた。

「殿は天下をお取りになる」

「馬鹿を申せ」

「馬鹿ではない。殿は本気であるぞ。そして、そのために我らも立つのだ」

戸浦は職人たちを見回した。

不気味な沈黙を保っていた職人たちに笑みが広がった。

「御家が滅ぶぞ」

星野は言った。

「滅ぶのはおまえだ」

戸浦は冷たく言い放った。

「おのれ」

星野は床に転がった大刀を拾おうと身を屈めた。

「たわけ」

戸浦が怒鳴ると大刀を踏みつけた。

伸ばした手を星野は引っ込める。

「覚悟せよ、文弱の徒め」

戸浦は大刀を抜き大上段から斬り下げた。星野の首がごろっと転がった。

それを見た海賊たちは笑い声を放った。

勘十郎は三次と鳥居を潜った。

教会である。

「きっと、この何処かにお宝があるんですよ」

三次は舌舐めずりをした。

「まずはっと」

教会に向かった。

勘十郎は周囲を見回した。何かが潜んでいるような気がする。

三次はお構いなしに、

「きっと、この中ですよ」

と、笑みを浮かべ勘十郎を振り返った。

胸騒ぎがして勘十郎は、

「待て」

と、大きな声を投げかけた。

「ええ、どうしたんです」

三次は不満そうに問い返した。

と、その時、観音扉が開け放たれた。

闇の中からどやどやと侍たちが現れた。戸浦党である。彼らは矛、弩、青龍刀を手にしていた。

「ああ、びっくりした」

素っ頓狂な声を上げ、三次は教会から離れた。

勘十郎は十文字鑓を構え直す。

続いて、鳥居から大勢の侍が入って来た。中には横手陣三郎と横手道場の者たちも混じっていた。

「なんだ、貴殿か」

勘十郎は横手に声をかけた。

三次は呆然となって立ち尽くした。

「財宝を探しておったのか」

横手はにやりとした。

「そういうことだ」

隠すことなく勘十郎は言った。

「財宝なんぞ、そんな、みみっちい物を求めるな」

横手は大きな声で言った。

「あいにくと、おれは一介の牢人、目先の銭金が大事なのだ」

勘十郎は言った。

「その牢人から脱せられるとしたらどうだ」

横手は誘いをかけた。

「あんたたち、戸浦と手を組んでおるのだな」

勘十郎が問いかけると、

「我ら大沼讃岐守さまの天下取りの尖兵となるものだぞ」

胸を張って横手は言った。

すると、一同がざわめき、

「向坂勘十郎か」

という声と共に大沼政元が悠然と歩いて来た。

六

大名たる政元に三次は土下座をした。

勘十郎も礼を尽くそうと片膝をついた。

「向坂、大儀であるぞ」

政元は鷹揚に声をかけた。

勘十郎は顔を上げ、

「讃岐守さまにおかれましては、このような場にお越しになったのはいかなる御用向きでございますかな」

「逆臣退治を検分にまいった」

さらりと政元は言ってのけた。

「逆臣とは星野修理殿らのことですな」

勘十郎の問いかけに政元は満面の笑みを広げた。

「星野殿らは戸浦殿らに成敗されたのですな」

「戸浦はよき働きをしたものじゃ」

「逆臣と申されましたが、星野殿は讃岐守さまの意に背く……つまり、武を以って御家を営もうとなさった讃岐守さまに逆らい文を推進したということですかな」

「それもある。それもあるが、星野が逆臣たるゆえんは、星野が藩の公金を着服しておったことじゃ。あ奴はひたすらに私腹を肥やしておった。まさしく、獅子身中の虫であったわ」

憎々しげに政元は言った。

「戸浦殿と反りが合わないのは芝居であったのですな」

続く勘十郎の問いに、

「むろんのことじゃ。余は戸浦玄蕃を高く買っておった。何と申してもわが大沼家中随一の武勇の者であるからな。幼き頃、余は戸浦の合戦話を聞くのが無上の楽しみであった」

戦場を駆け巡る己が姿を夢見てきたそうだ。

「戸浦からは厳しく武芸を仕込まれた。それが余の血となり肉となっておる」

政元は言った。

「それが、家臣方の前では不仲を装っておられたのですな」

「いかにもじゃ。星野めが戸浦を追い落とそうと様々に企ておった。出入り商人から賂（まいない）を受け取っておるとか、倭寇退治で得た財宝を着服しておるとか、余をないがしろにしておるとか……余にはいずれもつまらぬ噂にしか過ぎなかったが、家臣どもの中には信じる者も出て来おった」

戦国武者の如き戸浦は大沼家中で怖れられ、嫌われもした。泰平に慣れた家臣たちからすれば武辺一辺倒の戸浦は邪魔な存在になっていた。それを見て取った文治派の星野修理は、武に奔（はし）っては公儀から睨まれると家中の危機感を煽りたて、戸浦党排斥の下地を作った。

「このままでは戸浦は星野に陥れられ、下手をすれば切腹に追い込まれるかもしれなかった」

そのため、政元は戸浦と結託し狂言を演じた。武芸の鍛錬を怠るようになり、大量の書物を買い入れた。政元は孫子などの兵法書は読んでおり、漢籍も嫌いではなかった。文に耽溺するのを装おうには苦労はなかった。

星野が戸浦を失脚させる前に、政元は戸浦に大沼家を去らせたのだった。

「それが好都合というものであった。戸浦は大沼家を離れ、余の夢を実現するために活発に動いてくれたからな」

機嫌よく語る政元に、

「伊達家の横手一派との連携はその表れでござりますな」

勘十郎の言葉に政元は目を輝かせ、

「まさしくじゃ。いよいよ、我が望み、天下取りが実現しようとしておる」

頬を紅潮させた。

その目は少年の輝きを帯びていた。

常軌を逸している、と勘十郎は思った。政元はひたすら戦国武将に憧れ、夢見て生きてきたのだろう。

憧れが強すぎ、武芸の鍛錬、兵法を学ぶ姿勢は真摯なものであったに違いない。

しかし、いかんせん、戦場など経験したことはないだろう。頭の中ではそれこそ何千、何万と合戦を繰り広げて来たに違いない。甲冑を着こなし、馬を駆り、鑓を振い、強弓を射る、おそらくは鉄砲も相当な腕前に違いない。

硝煙は嗅いだことがあっても、血の匂いはどれほど嗅いできたのか。

手傷を負ったことはあるのか。

敵味方入り乱れての乱戦に身を置き、生死の境を彷徨(さまよ)い、勝敗の行方などどうでもよく、生き残ることのみを望む身となったことはないのだ。

全てが頭の中で描いた天下取りである。大体天下取りなどという夢物語、戸浦玄蕃も横手陣三郎も大真面目に取り組んでいるのだろうか。

「向坂、その方の鑓……」

政元は勘十郎の十文字鑓に目を止めた。葵の御紋に目が吸い寄せられている。

「これは、わが祖父が大坂の陣の働きにより、東照神君より、下賜された十文字鑓でござります」

「そうか」

政元は爛々と目を輝かせた。振るってみたそうである。

勘十郎は腰を上げ、

「どうぞ」

と、鑓を捧げ持ち、政元に差し出した。

「うむ」

政元は鑓を持ち、しげしげと眺めた。煌く穂先を眩しげに見上げ、やがて腰を落とし、

「とお！」

鋭い気合いと共に頭上でぐるぐると回した。子供がねだった玩具を手にしたような喜びを身体中で表している。

次いで、腰を落とし、何度も突き出したり、引っ込めたりを繰り返した。ひとしきり鑓を操ってから、

「まこと、見事なる鑓であるのう。そなたは祖父の血を引いておるのだな」

その言葉の裏には勘十郎の父、大目付向坂播磨守を揶揄することが窺える。それを物語るように、

「そなた、父から勘当されたのであるな」

政元は問いかけてきた。

「父とは反りが合いませんでしたな。わたしも祖父から聞く合戦話が、何よりも楽しみでありました」

「そうであろう。して、父は能吏であるのじゃな」

「まさしくその通りでござります」

勘十郎の答えに政元は満足そうにうなずいた。

「そなた、余が思っておった通りの武士のようじゃ。どうじゃ、我が企て、天下取りに参陣せぬか。思う様、東照神君の鑓を駆使して暴れ回りたいであろう」

政元の誘いに、

「拙者でよろしければ」

勘十郎は応じた。

「ならば、余の天下取りに加われ。今月の十日、品川鮫洲の大沼家下屋敷に参るのだ。そこがわが天下取りの本陣ぞ」

声高らかに政元は告げた。

第五話　江戸大乱

一

七日の朝、萬相談所の離れ座敷で、

「勘さま、えらく見込まれたもんですねえ」

三次が言った。

「いっそのこと、大沼讃岐守の天下取りの先陣を承(うけたまわ)ってやるか」

勘十郎は笑った。

「それもいいかもしれませんよ。勘さまは戦国の荒武者って感じのお方ですからね。いやあ、ひょっとするとひょっとして、一国一城の主(あるじ)になれるかもしれませんや」

調子づいて三次は勧めた。

「それもいいかもな」

　三次に合わせると、

「おやおや、勘さま、やっぱり、暴れ回りたくなったんじゃござんせんか」

　三次が言う。

「そうかもな。退屈凌ぎには丁度いい。大儲けもできるぞ」

「大儲けっていうのは、こりゃ、ありがたいですがね。でも、いいんですいか。渋柿の爺さんが怒りますよ」

「爺はうるさいからな」

　勘十郎はあくびをした。

「うるさいとか静かってことじゃござんせんがね」

「なんだ、珍しく真面目な物言いをするではないか」

「あっしはね、根は真面目なんですよ」

　三次が言ったところで、

「若、おられるか」

　と、蜂谷柿右衛門の声が聞こえた。

「噂をすればだな」

苦笑して勘十郎は言った。

三次が階を下りると柿右衛門の他に一人、身形のよい侍がいる。三次は思わず一礼した。

「三公、若を呼んでくれ」

柿右衛門に頼まれ三次は階を駆け上がり、勘十郎に告げようとした。しかし、三次から聞く前に、

「爺、会わんぞ」

と、勘十郎は濡れ縁から大きな声で告げた。

「若、そう、おっしゃらずに」

柿右衛門は渋柿のような顔で訴えた。身形のよい侍が柿右衛門に何事か耳打ちをした。次いで、踵を返し歩き始めた。

柿右衛門は、

「若、この先の稲荷(いなり)でお待ちしますぞ」

大きな声で言い置くと侍を追いかけた。

「勘さま、今のお侍ひょっとして、勘さまの……」

三次に聞かれ、

「その通り、親父だ」

素っ気なく勘十郎は答えた。

「ずいぶんと怖そうなお方ですね」

三次は肩をそびやかした。

「面白くもおかしくもない男だ」

勘十郎は突き放したような言い方をした。

「お会いにならないんですか。きっと、大事な話ですよ。わざわざ、ここまでいらしたんですからね」

心配そうになって三次は勧めた。

「放っておけばいいが、ま、一度だけでも会ってやるか」

勘十郎は立ち上がった。


柿右衛門に指定された稲荷の鳥居を潜った。

父向坂播磨守元定が境内にたたずんでいた。勘十郎を見ると、無表情のまま、

「入るぞ」

と、社殿に入った。

「ふん、愛想なしか」

勘十郎も続いた。

勘当したとはいえ息子への情のかけらもない態度に、勘十郎は以前にも増して頑になった。

「座れ」

命令口調で声をかけると元定は先に座った。不貞腐れたような顔で勘十郎はどっかとあぐらをかいた。

「柿右衛門の依頼、いかがなっておる」

挨拶もなしで元定は本論に入った。

横手陣三郎一派の始末がついていないことへの不満を元定は持っている。

「どうした、親父殿、馬鹿に焦っておるではないか」

元定の気持ちを乱してやろうと勘十郎はあくびを漏らした。元定の目元が引き攣った。それでも、気持ちの高ぶりを自制するかのように元定は声の調子を落として続けた。

「仙台、伊達家中で不穏な動きがあることは明白だ」

「明白なら、取り締まればいいだろう」

勘十郎はぶっきら棒に返す。

「公儀が表立って伊達家を取り締まるなどできぬから、おまえに頼んだのではないか。おまえとて存じておろうが、公儀はポルトガル人との交易を禁止し、国を閉ざした。もちろん、バテレン教の禁令も強化しておる。それにもかかわらず、ポルトガル人と抜け荷をやっておる輩が後を絶たぬ。その中に仙台伊達家中があるらしい……いや、伊達は未だにポルトガル人と交易をしておる。武器の類を買っておるのだ」

元定は段々と早口になった。

大沼政元の依頼により、横手陣三郎が武器を買い揃えている。元定の様子では、横手の背後に肥前諫早藩大沼家があるとは気づいていないようだ。

大目付の探索網から大沼政元は漏れている。皮肉にも政元が嫌っていた星野修理の策が功を奏しているのだ。大沼政元は文弱大名だと公儀も元定も信じていることだろう。

わざわざ知らせてやる必要もないと、

「それは大変だな」

勘十郎は素っ呆けた。

「勘十郎、わしとそなたの葛藤は棚に上げてもらいたい。伊達家の動きは不穏さを漂わせ、不穏さを煽ろうとする輩が出てまいる。海賊どもも動きを活発にしておるのは、世間で伊達家謀反の流言に乗っての行い。伊達家は謀反を起こすか、疑心暗鬼が募り、世のそうした風潮に流され、本心でもなかった謀反に踏み切るやもしれぬ。伊達が兵を挙げれば、江戸で騒乱が起きる。江戸の騒乱は全国に飛び火する。喜ぶのはポルトガル人どもじゃ。奴らは武器を高く売れるからな。さすれば、日の本は戦国の世に逆戻りじゃ」

一息に捲し立て元定は息を吐いた。

独眼竜の死が思わぬ波紋を広げている。口さがない連中が面白がって流した噂、伊達政宗は今際の際に果たせなかった天下取りの夢を忠宗と信頼する遺臣たちに遺言した、それが一人歩きをしているのだ。

「伊達家が江戸で挙兵すると、本気で親父殿はお考えではあるまい」

「むろん、わしとて伊達家が謀反を起こすなどあり得ぬと思う。だが、過激な者ども、つまり、横手陣三郎一派の動きは看過できぬ。それゆえ、おまえに探索と始末を頼んだのではないか」

不満を滲ませ元定は言った。

「おれだってな、何もやっていない訳ではない。横手の主宰する道場に入門して内情を探っておる」

馬鹿にするなという反感を込めて言い返した。

「それで、何か摑めたのか」

「確かにポルトガル人との交易に手を染めておるようだ。だが、江戸で物騒な騒ぎを起こす動きは見せておらぬ。ポルトガル人との抜け荷の疑いありと、横手一派を取り調べたらどうだ」

「何度も同じことを語らせるな。伊達家を表立って取り調べる訳にはまいらぬ。抜け荷の疑い程度ではなく、証があれば別じゃ。抜け荷品を秘匿しておるとか、抜け荷の現場を押さえるとかな。それゆえ、おまえに横手探索を依頼した」

「横手一派探索をおれに丸投げするのか」

「そんなつもりはない。わしは横手が接触しておる海賊どもを突き止めた」

「ほう、誰だ」

勘十郎は目を凝らした。

「元大沼家、兵法指南役戸浦玄蕃とその一党。戸浦らは藩主政元公の勘気を蒙り御家を去った後、海賊に身を落としておる。ただ、いずれも一騎当千の兵揃い。武を好む横手と気脈を通じ、公儀に一泡吹かせようと企んでおるようだ」

　さすがに元定も戸浦党と横手一派が手を組んでいることまでは突き止めている。だが、彼らの黒幕が文弱大名大沼政元とまでは摑んでいないようだ。

　勘十郎は初めて父に対し、優越感を抱いた。そんな勘十郎の心中など察することなく元定は続けた。

「海賊とは厄介なものでな、公儀の追及を逃れて何処に潜むやもわからぬ。海は広いからな。天下取りなどという夢物語はともかく、公儀への鬱憤晴らしに江戸を火の海にするくらいは仕出かすかもしれぬ」

「なるほど、厄介な奴らだ」

　勘十郎が応じたところで、

「まさかとは思うが、おまえ、武辺一辺倒の横手一派と交わり、妙な了見を起こしてはおらぬであろうな」

「妙な了見とは……」

「知れたこと。自分も鑓働きをしたい……爺さまの形見の鑓、畏れ多くも東照神君下賜の十文字鑓で思う様暴れたい、などと大それたことを考えてはおるまいな」

　元定の目はどす黒く淀んだ。

　そうか……。

親父はそれを勘繰ってわざわざ訪ねて来たのだ。勘十郎に横手一派を探らせたのはいいが、横手らの武芸者ぶりに感化されてはいまいかと心配になったのだろう。

「親父殿、木乃伊取りが木乃伊になったと心配しておるのか」

勘十郎は笑い飛ばした。

が、内心では怒りがふつふつと湧き上がってくる。息子を信じない親父への失望、加えて勘当したとはいえ息子が公儀に叛旗を翻す者に加わったなら自分の地位が危うくなるという処世術への卑怯さ加減が胸に渦巻く。

「笑って誤魔化すな」

元定は憤る。

「親父殿、おれが横手一派に加担しておると大真面目に疑っておるのか」

「鑓働きには絶好の場であると妙な考えを起こしておらぬかと思ってな」

「いくら親子の縁を切ったといっても、おれが江戸を火の海にしようという一派に加わっては不都合であろうな。出世どころか、大目付も辞さねばなるまい」

「馬鹿め。出世など心配はしておらぬ。とにかく悪い考えを起こすな。それと、横手一派の動きがわかったら直ちに知らせよ。よいか、江戸が火の海に、天下騒乱の火種にならぬようせねばならぬ。そのこと、きつく申しつけるぞ」

強い口調で言葉を放つと元定は足早に立ち去った。

「ふん、勝手なことばかりを申しおって」

勘十郎は石ころを蹴飛ばした。

鳥居にたたずんでいた柿右衛門が近づいて来た。

「若、しばらくぶりの親子対面、いい気分でござろう」

柿右衛門のあまりのとんちんかんぶりに波立った心が僅かに静まった。

「親父殿、相も変わらずの無愛想ぶりだな。面白くも何ともない御仁だ。顔を合わせた途端に別れたくなる」

勘十郎は鼻で笑った。

「殿はそれはもう若を案じておられますぞ。ぶっきらぼうな物言いは、照れておられるからです」

柿右衛門は元定を庇い立てた。口ぶりからして本気でそう思っているようだ。

「照れるような御仁ではない。おれに勝手なことをされては迷惑だから、釘を刺しにきたにすぎぬ」

勘十郎は薄笑いを浮かべた。

「そんなことはございませぬ。若、親の心、子知らず、でござる」

声を大きくして柿右衛門は言い立てた。

「ふん、ほざけ」

顔をしかめ吐き捨てた。

「それはともかく、若、横手一派の動き、まことに不穏そうにござるが、いつの間にか道場から姿を消しました」

「このところ、道場には顔を出しておらん。明日にでも訪ねてみる。おれに訊く前に、爺も伊達家中に問い合わせればよいではないか」

熱の籠らない口調で勘十郎は返す。

「むろん、探りは入れております。すると、横手らは国許に帰ったと申したのです」

「なら、帰ったのだろう」

勘十郎は大きく伸びをした。

「ところが、手の者が横手一派の者を江戸市中で目撃しておるのです」

「目撃したのなら、尾行して居所を確かめればよかったであろう」

「むろん、そうしました。しかし、あいにくと見失ってしまいましてな」

「腕の悪い隠密だな。親父殿のことだ。手間賃を惜しんだのであろう。人はな、安く使うと安いだけの働きしかしないぞ。けちっておる場合ではないであろうにな」

勘十郎は大きく伸びをした。

「お説ごもっともにござりますな。屋敷に戻り、早速、若からの言上だと伝えます。それはともかく、何とか横手一派を封じ込めねばなりませぬ」

「江戸城は警護を堅くしておるのであろうな」

「よもや、襲撃をされてもびくともするものではござらぬ。殿が強く呼びかけ、城内は緊張をもって警護に当たっております。いくら、泰平に慣れた旗本衆とはいえ、将軍家をお守りする使命感で溢れ返っておりますぞ」

誇らしそうに柿右衛門は言い立てた。

「襲撃に備えて、万全ということか。ならば、心配あるまい」

突き放した物言いで勘十郎は返した。

「また、そんなことを申されて」

柿右衛門は顔をしかめた。

「ま、とは申せ、おれだって手間賃を受け取ったからには役目は果たす。横手一派が不穏な動きに出たらただではおかぬ。公儀は南蛮船の出入りに目を光らせることだな」

「そうですな」

「それで、爺が申しておった九州の大名の動きはどうなっておるのだ」

「表立っては目立った動きはありませぬが、バテレンどもの動きは不気味ですぞ。ポルトガル人が後押しをしておるようですからな。バテレンどもだけでは公儀に対し立ち上がるなど、できますまいが、バテレンどもを使う大名が現れぬとも限りませぬ。若、ともかく、江戸を火の海にしてはなりませぬ。大勢の民が焼け死に、焼け出されてはなりませぬ」

重い口調で柿右衛門は言った。

「おれだって、江戸が焼けるのを望んではおらぬ」

言いながら、焼失する町、泣き叫ぶ子供を抱きかかえ逃げ惑う母親、親とはぐれ路頭を迷う子供たちの様子が脳裏を過る。

父との葛藤ゆえに無辜の命が失われるかもしれない。

「爺、大沼讃岐守を探れ……あ、いや、探る必要はない。大沼政元、天下を取るなどという夢物語を抱き、江戸を火の海にし、江戸城を乗っ取ることを企てておる」

勘十郎の言葉に柿右衛門は息を呑んだ。その表情は半信半疑の様子だ。

「大沼政元、文弱大名の仮面を被り、野望の牙を研いでおった。右腕と頼む戸浦玄蕃を家中から去らせて己が野望実現の準備をさせた。政元の意を受けた戸浦は海賊行為で荒稼ぎをし、富士屋九郎兵衛、伊達家の横手陣三郎と手を組んだ」

柿右衛門は表情を引き締め、

「大沼讃岐守と横手が手を組んでおったのですか」

「十日だ。十日に兵を挙げる。品川の鮫洲にある大沼家下屋敷に集まる。親父殿に討伐の軍勢を整えろと言っておけ」

勘十郎は歩き出した。

「若、かたじけない」

背中で柿右衛門の声がした。

二

十日の夕方、勘十郎と三次は九郎兵衛に誘われ大沼家藩邸にやって来た。しかし、品川鮫洲の下屋敷ではなく芝愛宕小路の上屋敷であった。

急遽、戸浦の進言で下屋敷から上屋敷に決起場所が変更された。上屋敷の方が江戸城に近く、市中に火を放つにはもってこいで尚且つ芝口の伊達家上屋敷にも近いからだそうだ。

それなら、最初から上屋敷にすればよかったではないかと勘十郎は思ったが、今更言い立ててもどうしようもない。それより、意図せず柿右衛門に誤った情報を与えてしまった。

父元定は決起集結場所を大沼家下屋敷と思って討伐軍を差し向けるだろう。どうする……。

どうにかして上屋敷だと幕府に伝えねば。

屋敷内に設けられた道場に二人は通された。まだ、九郎兵衛の他には誰もいない。

九郎兵衛は揉み手をしながら近づいて来た。

「いよいよでございますな」

九郎兵衛は笑みを広げた。

今だと勘十郎は思った。

「おまえ、相当に商い上手だな」

勘十郎が誉めると、

「何よりのありがたか言葉ですな。いえね、あたしはね、男前だとか女にもてるなんて世辞を使われるより商いの腕を賞賛されるのが一番気分がいいんですよ」

それは九郎兵衛の本音のようであった。

「まこと、あんたはしっかりと儲けておる。それこそが商人だ」

　勘十郎は続けた。

「畏れ入ります」

「そんな商いの達人が今回の企て、いわば大商い、どれくらいの算盤を弾いておるのだ」

「もちろん大儲けと思っておりますぞ」

「今回の企て……大沼讃岐守の天下取り、成就すると思うのだな」

　勘十郎は目を凝らした。

「もちろんですたい」

　微塵の疑いもないといった真顔で九郎兵衛は勘十郎を見返した。

「ほう、そう思うか。それは意外だな」

　勘十郎は首を捻った。

「おや、向坂さまは、お疑いですかな」

　にこやかに九郎兵衛は問い返した。

「疑うも何も、おれたちだけで江戸城を奪うことなどできるわけがなかろう。いくら、泰平に慣れた徳川の旗本衆だって、数を頼んで防戦に努めるだろう。江戸城は堅牢だ。

奇襲をかけたところで、千や二千の兵では落ちぬぞ。江戸城を奪うのもままならないのに天下を取るなど、夢物語に終わるとは思わぬか。いや、夢物語であればよい。屍を晒すことになる。公儀に弓引いた謀反人として一族郎党まで罰せられる。あんたが築いた巨万の富も泡と消える」

自分でも意外なほど、饒舌となった。大沼政元たちの天下取りに対する疑念が噴出したようだ。

「向坂さま、この期に及んで弱気になられましたか」

九郎兵衛は上目遣いとなった。

不気味な男である。笑顔だが目は笑っていない。勘十郎の心の内を見透かしているかのようだ。

「弱気ではない。徳川の天下を奪うなど、武芸自慢の牢人たちが酒の上でするよた話だと申している。あんたのように算盤勘定に長けた商人が大真面目に加担するとは信じられぬな」

勘十郎は見返した。

「そう言われたら、元も子もないですがね、商人にも夢がありましてな。戦国の世の堺や博多の大商人のように天下さまの商人、それは単に御用達になるのではなく、政の相談にも与る、そんな商人になりたい、いわば商人の天下人ですたい」

　九郎兵衛は胸を叩いた。

「それは聞いた」

　勘十郎は声を低めた。

「あたしの志をお疑いですか」

「ああ、疑うな」

　勘十郎は声を大きくした。

「何故ですか。あたしがそんな大それた者になんか、なれっこないと思っておられるんですかな」

　腹立ちを抑え込むように九郎兵衛は落ち着いた表情である。

「いや、そんな風には思っておらん。思っておらんから、疑っておるのだ。あんたのような、ずる賢い商人がよりにもよってこんな博打に乗るとは信じられぬのだ。これまでに築いてきたものが一瞬にして崩れ去るのだぞ。なあ、腹を割ってくれ」

　勘十郎は詰め寄った。

「大きな利を得るには大きな博打が必要ですたい」

　九郎兵衛は言い張った。

「嘘だな」

右手をひらひらと振り、勘十郎は強く否定した。

九郎兵衛は口を閉ざす。

「さあ、腹を割れ」

「そんな」

「真の狙いは何だ」

勘十郎は言う。

九郎兵衛は肩をそびやかした。

それから不意に話題を変え、

「あたしの萬相談事をお引き受けください。何、向坂さまなら容易なことですたい。今夜、あたしを守ってほしかです」

と、囁くように言った。

九郎兵衛の意図を確かめようとしたところへ、

「待たせたな」

と、声がかかり、横手陣三郎一派が入って来た。九郎兵衛は立ち上がり、愛想よく一同を迎える。

「みなさま、気張ってくださいな」

一人、一人に声をかけた。

「いよいよだな」

横手は九郎兵衛に言い、勘十郎の横に座った。

「ほんと、政宗公の夢を実現させてくださいませ」

機嫌を取るように九郎兵衛は言った。

続いて戸浦党の面々も入って来た。彼らにも九郎兵衛は挨拶を送る。

「頼むぞ」

戸浦は勘十郎の肩を叩き、どっかと腰を下ろした。

九郎兵衛が合図した。

若い娘たちが入って来て、膳を運んで来た。

「みなさま、大沼讃岐守さまの天下取りの前祝いでございますぞ。どうぞ、お飲みください」

九郎兵衛は言った。

するると横手が、

「腹も身の内と心得よ。大事を前に酔いつぶれるな。血の巡りをよくする程度に飲め」

と、みなに告げた。

「九郎兵衛、握り飯、握り飯はあるか」

勘十郎は握り飯を求めた。腹を満たし、へたばらないようにという配慮である。

三次は酒を飲もうとしたが勘十郎の言葉を聞いて杯を膳に置いた。

みな、大事を前にした興奮で沸き立っている。九郎兵衛は一人一人に酌をして回った。それから最後に勘十郎の前に座る。

「お酒は飲まれませんか」

「ああ」

勘十郎は言った。

そこへ、大沼政元がやって来た。みな、飲み食いの手を止め政元の言葉を待つ。政元はみなを見回し、

「いよいよ、我らの思いを遂げる時がきた。みな、心してくれ」

と、激励する。

政元は戸浦を促した。

「ならば、我ら戸浦党が先陣を切る。九郎兵衛、武器を取りにゆくぞ」

戸浦は言った。

「わかりました。では、そうですな。向坂さまもご一緒ください」

九郎兵衛は言った。

「向坂もだと」

戸浦はおやっという顔になった。

「ええ、是非とも向坂さまにも先陣を切って頂きたいのです」

九郎兵衛は強く言った。

「おれは構わぬぞ」

勘十郎は受けた。

「いや、向坂氏は殿を守って頂きたい」

戸浦は躊躇(ためら)いを示した。

すると政元は、

「余のことなら構わぬ。先陣は何よりも大事じゃ。先陣の働きによって企ての成否は決まる」

すかさず九郎兵衛が、

「ごもっともでございます。さすがは讃岐守さま、まこと、戦国の世の武将の如き逞しさですたいね」

　と、大声で賞賛した。

「ならば、加われ」

　戸浦は受け入れた。

「向坂、頼みに思うぞ」

　政元は杯を取らせると言った。

「ありがたき幸せ」

　勘十郎は政元の前に進み出た。金の大杯が用意された。

　勘十郎が両手で受け取ると、政元自らが蒔絵銚子から大杯になみなみと清酒を注ぐ。五合は入っているであろう酒がたゆたう。

　政元から飲めと促され勘十郎は杯に口をつけた。ゆっくりと飲み始める。政元の視線を感ずる中、勘十郎は休むことなく、一息に飲み干した。

「見事なり、向坂勘十郎、まこと、今宵の働きを思わせる飲みっぷりであるぞ」

　上機嫌の政元の下を離れ、勘十郎は九郎兵衛の側に座した。

「何の魂胆だ」

　勘十郎が問いかけると、

「魂胆というのはあまり人聞きがいいものではなかですな。あたしは、向坂さまを買っておりますのでな、是非とも先陣に加わってもらいたかと推挙しただけですわ」

けろりとした顔つきで九郎兵衛は言った。

「店に寄るということだが、店に武器が用意してあるのか」

「大筒はなかですが、鉄砲や火薬はありますたい。これから、江戸市中に入りますのに、物騒な物を手にしておっては怪しまれますからな」

九郎兵衛は言った。

「なるほどな」

納得したふりを勘十郎はした。

「まあ、今夜は必ずうまくいくたい。向坂さまが味方についてくだされば。それでですな、あなたさまを先陣に加えたのは、さっきの相談事を守ってもらいたかったからですぞ」

「今夜、おまえを守るということだな」

勘十郎は言った。

「お願いしますよ」

九郎兵衛は見回し、

「三次さん、ちょっと」

と、三次を呼ばわった。

「へい」

三次はいそいそとやって来た。

「向坂さまにね、今夜一杯守ってくださること、頼んだ。でね、これ、前金だよ」

九郎兵衛は懐中から小判を取り出し、三次に預けた。

「ええ、こりゃ、百両じゃござんせんか。いやあ、気前がよろしいですね」

三次は満面に笑みを広げた。


勘十郎と三次は富士屋へとやって来た。

既に戸浦玄蕃が待っていた。

「大望を前に失った仲間を思うと、なんとしても成就せねばならぬ」

六人の配下は全て倒れた。

四人は勘十郎が成敗をした。しかし、二人は自分の仕業ではない。おそらくは、向坂播磨守元定の手の者に殺されただろうということだ。父の配下に戸浦党を倒せるような手練がいたとは意外だ。

「寂しくなりましたね」

　三次が言った。

「今は仲間の死を悲しんでおる場合ではない」

　戸浦は表情を引き締めた。

「大沼家中の者とは何処で待ち合わせておるのだ」

　勘十郎が問いかけると、

「常盤橋(ときわばし)だ。常盤橋を渡り、一息に大手門(おおてもん)まで突き進む」

　戸浦は言った。

「随分、大胆であるな」

「そうとも」

　自信に満ちた返事を戸浦はした。

「讃岐守さまはどれくらいの兵を差し向けてくださるのだ」

「百人だ」

「百人で大手門を突破できると思うか」

　勘十郎が危ぶむと、

「やるまでだ」

ざっとした計画では芝に火を放つ。増上寺を中心とした一帯だ。

そこへ注意を向けておいてその隙に大手門から江戸城内に突入する気なのだ。

元定は勘十郎の情報により、品川の鮫洲にある大沼家の下屋敷に軍勢を向けたに違いない。

大沼家下屋敷がもぬけの空とわかれば、直ちに引き返してくるだろうが、その間に政元は行動を起こす。一路、火を放ちながら江戸城へと向かうだろう。

「江戸城は手薄だ」

戸浦は言った。

確かに手薄である。大沼政元討伐のため旗本衆が軒並み動員されているのではないか。

その隙に江戸城を襲えば。

正しい情報を伝えられないのがもどかしくてならない。

「戸浦殿、武器は品川鮫洲の屋敷に運んでおくのではなかったのか」

「そうであったのだが、武器、弾薬の調達を考えると富士屋に近い方が都合がよかろうということになった。考えてみれば、江戸城から離れた下屋敷なんぞに集まる必要はなかったのだ」

当然の如く戸浦は語ってから、

「何か不都合なことでもあるのか」

戸浦は不審を抱いた。

「いや、急遽変更になったのでよほどの大事が生じたのかと思ったのだ」

勘十郎は笑って誤魔化した。

「よし、行くか」

戸浦は勢いよく立ち上がった。

四

勘十郎と三次は戸浦と九郎兵衛と共に常盤橋に向かった。勘十郎は十文字鑓、戸浦は青龍偃月刀を肩に担いでいる。九郎兵衛は南蛮服ではなく、地味な木綿の小袖に袴を穿いていた。

夜空を上弦の月が彩り、生暖かい夜風が身体を包む。日本橋を渡り、堀端を江戸城に二町ほど進むと左手に一石橋（いっこくばし）が見えてきた。一石橋は渡らず右手に進む。暗闇に金座役所の巨大な陰影が刻まれていた。

「ここたい」

金座役所に近づくと九郎兵衛が弾んだ声を発した。

「常盤橋はもう少し先だぞ」

勘十郎が言うと、

「常盤橋なんかに用はなかたい」

九郎兵衛が返すと、

「そうとも」

不気味な声で戸浦も賛同した。

「ここというと」

三次は門を見上げた。

「金座役所たいね」

九郎兵衛は両手をこすり合わせた。戸浦もうなずいている。金座役所は幕府直轄の金貨鋳造発行所で吹所（ふきしょ）と呼ばれる鋳造工場が付属している。文禄（ぶんろく）四年（一五九五）に徳川家康が後藤光次（ごとうみつつぐ）を御金改役（ごきんあらためやく）に任命し、以来、後藤家で世襲されている。

つまり、莫大な小判が唸っているのだ。

「まずは、軍資金を得ようという算段なのか」

勘十郎の問いかけに、

「そうじゃなかですよ。向坂さんも大好きな金をごっそり頂くんです」

一石橋の下に何艘もの荷船と何十人もの荷挙げ人足を待たせていると九郎兵衛は言い添えた。

「だから、それは軍資金……そうか、最初から金座役所の小判が狙いだったんだな」

これで納得できた。

「そういうことたい」

九郎兵衛はどす黒い目を淀ませた。

勘十郎は戸浦に語りかけた。

「あんた、大沼讃岐守さまの天下取りの尖兵になるのではなかったのか」

「おまえだってわかっておっただろう。今時、天下取りなんぞ、夢物語だってな。殿は世間知らずゆえ、そんな夢物語を大真面目に考えておる。まったく、馬鹿と何とかは使いようってことだ」

最早、戸浦は遠慮なく主人を悪しざまに批難した。

「それは、随分な言葉だな」

「本当のことだ。ついでに教えてやると、おまえが片づけた四人の他に二人もやられたと申したが、殺したのはわしだ。わしの狙いを感づきおったからな」

戸浦は吐き捨てた。

「最初から讃岐守さまの天下取りを利用してやろうと思っておったのだな」

勘十郎が確認すると三次が、

「ひでえな」

と、大きな声を出した。

「ひどいも何もない。戦国の世であろうと泰平の世であろうと騙される奴が悪いのだ」

戸浦はうそぶいた。

九郎兵衛が、

「向坂さん、腹を割りましょうや。向坂さんだって金には目がないじゃありませんか。ごっそり、頂きましょう」

確かに今、金座役所は警護が手薄。金を持ち出しても、江戸市中も警護はほとんどなされていない。公儀の軍勢がみな、大沼家の下屋敷に向かっているのだ。

「しかし、おまえが讃岐守さまを裏切ったとわかればどうする。逃げおおせるのか」

勘十郎が聞くと、

「ふん、そんな必要はないさ」

戸浦は吐き捨てた。

「どうしてだ」

「今頃は公儀の討伐軍が上屋敷を襲っているさ」

言うや、南の夜空に歓声が上がった。

鉦や寄せ太鼓の音が響き渡る。

「そうか、おまえ、公儀に密告したのか。下屋敷ではなく上屋敷だと」

勘十郎が言うと、

「だから、申したであろう。騙されるのが悪いのだと」

戸浦は哄笑を放った。

「そういうこってすたいね」

九郎兵衛も腹を揺すって笑った。

「汚いもきれいもない。よし、そろそろ、金を手に入れるぞ」

戸浦は意気込んで言った。

「一万両ももらっていくたいね」

「九郎兵衛、金座を襲ったら、おまえが公儀に狙われるぞ」

「平気たい。日本からおさらばするとね。あんたらもどうたいね」

九郎兵衛に誘われたが、

「いや、おれは行かぬ」

勘十郎が返事をすると、

「あっしも日本がいいや」

三次も言い添えた。

「好きにするたいね」

九郎兵衛は言った。

戸浦は金座役所の門を見上げた。

「ちょっと、待て」

勘十郎は言った。

「なんだ」

戸浦はおやっという顔になった。

「おれは金座役所破りはできないぞ」

勘十郎は言った。

「ほう、金を欲しくはないのか」

戸浦は信じられぬという顔になった。

「向坂さん、そんな、今更、やめてどうするんですよ」

九郎兵衛が言う。

「おれは、盗人ではない！」

勘十郎は轟然と言い募った。

次の瞬間、戸浦の青龍偃月刀が勘十郎に襲いかかった。

勘十郎は長身を屈める。

頭上を青龍偃月刀がかすめる。すさまじい風圧で勘十郎の茶筅髷が揺れた。

勘十郎は身を屈めたまま十文字鑓を横に払った。

戸浦は飛び上がり、鑓を避けた。

次いで、着地と同時に青龍偃月刀を振り下ろす。

勘十郎は鑓の穂先で受け止めた。

しかし、戸浦の力はすさまじく不覚にも勘十郎はよろめいた。

間髪容れず戸浦は攻撃をしかけてくる。

夜風に顎髭をなびかせ、唐人服に身を包んで青龍偃月刀を振るう戸浦は関羽の霊が乗り移ったようだ。これで一日千里を駆ける名馬、赤兎馬(せきとば)に跨れば関羽そのものだと、余計な思いを抱いてしまった。

そんな気の緩みが災いし、勘十郎は十文字鑓を叩き落とされてしまった。

両手首に鋭い痛みと痺れを感じつつ後ずさり、堀に追い詰められた。

戸浦は会心の笑みを浮かべ青龍偃月刀を構え直した。

そして、

「死ね!」

と、雄叫びを挙げる。

二人の対決を見守っていた九郎兵衛の背後に三次が近づいていた。

青龍偃月刀が勘十郎を襲う寸前、

「ほらよ」

と、三次は思い切り九郎兵衛の背中を押した。その時、外れなかった指輪がするりと抜け落ちた。

九郎兵衛は前のめりに戸浦と勘十郎の間に割り込んだ。

そこへ青龍偃月刀の斬撃が繰り出された。

九郎兵衛の首が夜空に舞い、堀にぽとりと落ちる。

すかさず、勘十郎は首を失くした九郎兵衛の身体を飛び越え戸浦の懐に迫るや両手で顎鬚を掴み、ぐるぐると振り回した。

　虚をつかれた戸浦は青龍偃月刀を落とし、尻餅をついた。目が回ったようで口を半開きにして夜空を見上げている。

　それでも、

「おおっ！」

　野獣のような咆哮を発し、立ち上がった。

「勘さま」

　三次が地べたに落ちた十文字鑓を拾い、勘十郎に投げた。

　勘十郎は両手で掴むと同時に突き出した。

　鑓で串刺しとなった戸浦は口からごぼごぼと血を吐き出した。

「あの世で関羽にわびよ。劉備玄徳に忠義を尽くしたあなたさまと違ってわたしは主君を欺いた不忠者だとな」

　勘十郎は鑓を抜いた。

　戸浦は仰向けに倒れた。

「勘さま、さすがだ」

　三次が近寄って来た。やっと指輪が外れ安堵の表情だ。

「いや、今回はおまえに助けられた。礼を申す」

勘十郎は頭を下げた。次いでへへへと照れ笑いを浮かべる三次に、

「行くぞ」

「何処へ行くんですよ」

「大沼家上屋敷だ」

「そんな、どうしてですよ」

「今更、行っても仕方がないと思うか」

「というより、公儀の軍勢が押し寄せているんじゃ、大沼の殿さまもお仕舞いですよ」

三次の言う通りであろう。

「だがな、見届けぬわけにはいかないのだよ」

勘十郎はつい大きな声になってしまった。

「勘さま、ひょっとして、同情をなさっているんじゃござんせんよね」

三次は危ぶんだ。

「同情な……確かにおれは大沼讃岐守政元って御仁が好きだな。ああいう、馬鹿がおれは好きだ」

勘十郎は言った。

「でも、どだい、夢物語だったんですよ。そういやあ、勘さまと似ているね」

三次は笑った。

「なら、行くぞ」

勘十郎は歩き出した。

「待ってくださいよ。あっしも連れてってくださいよ」

三次は追いかけてきた。

「さて、戦が続いているかな」

「勘さま、ひょっとして大沼さまに味方する気じゃないでしょうね。いくら何だってそれだけは勘弁してくださいよ」

三次は両手を合わせた。

「ま、いいじゃないか」

勘十郎は歩測を速めた。

五

勘十郎と三次は大沼家上屋敷へとやって来た。といっても、屋敷は公儀の軍勢が囲み、とても近寄れたものではない。

大沼家の屋敷周辺に建ち並ぶ武家屋敷は公儀に接収され、往来は討伐の軍勢で溢れ返り、往来は遮断されていた。

「こりゃ、大沼さま、袋の鼠ですね」

三次は言った。

「公儀は伊達の叛旗に備えていたのだろう。それが、今回役立ったわけだ。伊達に比べ大沼家は小さなものだからな、いくら、鉄砲、大筒を揃えても、ひとたまりもあるまい」

勘十郎の見通しに三次は黙ってうなずいた。

「やはり、夢物語だったですね。天下取りなんて、夢で終えたら、大沼の殿さまもよかったんですよ。ご本人は夢のために死ねるんでしょうけど、ご家来衆なんか災難ですよ」

三次は首を横に振った。

やがて、火薬が爆発する音が響き渡り、火柱が夜空を焦がした。

大沼屋敷は炎に包まれた。

「政元公、戦火の中で亡くなられたか。本望であられたのかもしれぬな。戦火に死す、まさしく戦での壮絶な最期だ」

勘十郎は政元の冥福を祈った。

「これで、お宝はどうなったんでしょうね」

三次の関心はそっちである。

「お宝は三次の夢と消えたということだろう」

勘十郎は言った。

「ま、そうですかね。いい夢を見させてもらったってこってすかね」

三次はへへへと笑った。

「さて、帰るぞ」

勘十郎は言った。


一件が落ち着いた日の昼下がり、蜂谷柿右衛門が萬相談所にやって来た。

「若、まこと、お疲れさまでしたな」

渋柿とは程遠い満面の笑みで勘十郎の労を労（ねぎら）った。

戸浦玄蕃の密告を受けた向坂元定は討伐軍を大沼家上屋敷に向けた。軍勢を率いたのは老中土井利勝（どいとしかつ）である。利勝は大沼家上屋敷周辺の武家屋敷に助勢を求め、討伐軍を入れて鉄砲や弓で攻撃させた。

予想外の迅速な公儀の動きに大沼政元は成す術（すべ）がなく、防戦一方どころか逃亡者が相次いだ。

「ものの半時（はんとき）ほどで決着はつきましたぞ」

大沼政元は屋敷に火を放ち、業火の中で自害したそうだ。

大沼家は謀反の罪で改易に処せられた。

「大沼政元、軽挙妄動で御家を潰してしまいましたな」

柿右衛門はさも勘十郎に言い聞かせるように言った。

「それで、他の者たちの始末はどうなったのだ」

勘十郎が問いかけるとすかさず三次が、

「戸浦党や富士屋九郎兵衛が持っていた抜け荷品はどうなったんですかね」

と、強く問いかけた。

「戸浦党と九郎兵衛は若が退治なさいましたな。奴らの財宝は目下、公儀が探索中です。品川にある九郎兵衛の屋敷からも多数の品々が見つかっておりますが、屋敷に蓄えておらなかった品もあるだろうと、江戸近郊を探索しておりますのでご安心くだされ」

すまし顔で柿右衛門は答えたが、三次にしてみれば安堵などできるはずはなく、残念そうに顔を歪めた。

「これを機にポルトガル人の来航とバテレン教への取り締まりが強化されますな。泰平を乱す者どもは徹底して除くべし、でござる」

柿右衛門はため息混じりに語った。泰平を持続させるためには不穏な動きを見張り、少しでも疑いが生じれば排除してゆくという幕府の姿勢が窺われ、勘十郎は嫌な気分になった。

「伊達家はいかになった」

胸が晴れないまま勘十郎は問いかけた。

「伊達家はお咎めなしです」

柿右衛門は渋面を浮かべた。渋柿のような顔が際立つ。

「トカゲの尻尾切りということか」

失笑を漏らす勘十郎に柿右衛門は淡々と語った。

「横手陣三郎以下、配下の者は御家に内緒でポルトガル人と交易に及んでいたことが判明したため、奉公構いとした、ということですな」

奉公構いとは御家から追放するばかりか、いずれの大名家も召抱えないよう通達することである。

「つまり、伊達家とは無関係な者どもが仕出かした罪は知らぬ、存ぜぬということだな」

勘十郎が確かめると、三次は、「ひでえな」と嘆いてから、

「でも、伊達さまだって、横手さんたちがポルトガル人と交易して利に与(あずか)っていたんでしょう」

「それがな、横手らは抜け荷品を富士屋に横流しして私腹を肥やしていたそうじゃ」

柿右衛門の声も怒りで震えた。

「死人に口なし、富士屋九郎兵衛に確かめようもなしだな」

冷めた口調で勘十郎は言った。

「ただ、大沼家上屋敷と周辺の武家屋敷、焼けたり破損したりしましたので、修繕の費用は伊達家が負担することになりそうです」

幕府からのお咎めはないものの、伊達家中の過激派は一掃され、幕府への忠義は高まった。仙台藩六十二万石は脅威ではなくなったのである。

「そういやあ、横手さんたちはどうなったんですか」

三次が問いかけると、

「大沼屋敷で討ち死にを遂げたと見られておる」

柿右衛門は答え、それではと五十両を差し出した。

「殿よりの礼金でござる」

「どうも、ありがとうございます」

三次が受け取った。

「若、殿が夕餉でも食さぬかと誘っておられますぞ」

帰り際、柿右衛門は元定の言葉を伝えた。勘十郎は返事をせず、ごろんと横になった。柿右衛門もそれ以上は語りかけることなく出ていった。

柿右衛門が去り、

「三次、酒を買ってこい」

勘十郎は腕枕をしたまま頼んだ。まだ日は高いがむしゃくしゃとした気分が残り、

酒を飲まずにはいられない。三次も同じ思いのようで、

「合点ですよ」

足取りも軽やかに近所の酒屋に向かった。

目を瞑ったものの眠気は襲ってこない。苛々とした気分で強く両目を閉じた。

すると、

「向坂勘十郎」

と、呼ばわる声が聞こえた。

半身を起こし声の方を見る。

庭に横手陣三郎が立っていた。山伏の格好をしているが金剛杖ではなく、勘十郎と同じ十文字鑓を手にしている。

「生きておったのか」

勘十郎は濡れ縁に立った。

「貴様と決着をつけるためにな。この先の野原で待っておる」

三白眼を光らせ、それだけ告げると横手は足早に立ち去った。

勘十郎は立ち上がると長押から十文字鑓を摑んだ。

指定された野原にやって来た。
強い日差しが降り注ぎ、濃厚な草の匂いが漂っている。
横手は両手で十文字鑓をしごいた。
勘十郎は間合いを詰め、横手の前に立った。
「いざ、参るぞ」
横手が声をかけてきた。勘十郎は無言で首肯（しゅこう）する。
二人は鑓の穂先を軽く合わせた。
穂先と左右に出た枝刃の交錯した箇所に刻まれた葵の御紋に勝利を誓う。
勘十郎と横手は間合いを取り、睨み合った。
横手の総髪が揺れ、三白眼が凝らされる。
構えを見ただけで相当な使い手だとわかる。
この男とはまともにぶつかっては負ける。勘十郎は勝負の行方を見極めた。
機先を制するように駆け出す。
横手も突進してきた。
と、不意に勘十郎は鑓を投げた。
穂先が煌き、横手に向かって一直線に飛ぶ。

勘十郎は疾走をやめず、横手に近づいた。横手は勘十郎の鐺を叩き落とした。

その時、わずかに身が屈められた。

勘十郎は飛び上がり、抜刀するや渾身の力で振り下ろした。

横手の脳天が石榴のように割られた。

全身汗みずくとなった勘十郎とは対照的に横手は汗一つかかない涼しげな様子であった。

蟬の鳴き声が一代の武芸者の死を悼んでいるようだ。

勘十郎は一礼し、歩き始めた。

「親父殿と……」

父元定の夕餉の誘いを受けようかと思った。親子和解の場ではなく、腹を割って話すのもいい。ただ、今の暮らしを捨てるつもりはない。

市井に暮らし、萬相談事を引き受け続けるつもりだ。

時代小説

二見時代小説文庫

独眼竜を継ぐ者　勘十郎まかり通る3

著者　早見俊

発行所　株式会社　二見書房
東京都千代田区神田三崎町二－一八－一一
電話　〇三－三五一五－二三一一［営業］
〇三－三五一五－二三一三［編集］
振替　〇〇一七〇－四－二六三九

印刷　株式会社　堀内印刷所
製本　株式会社　村上製本所

落丁・乱丁本はお取り替えいたします。
定価は、カバーに表示してあります。

 ISBN978－4－576－20111－5
https://www.futami.co.jp/